U0103371

古典三分鐘

【戰國策】

繆文遠 編著

本書中文繁體字版由中華書局（北京）授權出版

古典三分鐘——戰國策

編　　著：繆文遠
責任編輯：楊克惠
封面設計：張　毅
出　　版：商務印書館（香港）有限公司
香港筲箕灣耀興道 3 號東滙廣場 8 樓
http://www.commercialpress.com.hk
發　　行：香港聯合書刊物流有限公司
香港新界荃灣德士古道 220-248 號荃灣工業中心 16 樓
印　　刷：中華商務彩色印刷有限公司
香港新界大埔汀麗路 36 號中華商務印刷大廈 14 字樓
版　　次：2023 年 10 月第 1 版第 4 次印刷
© 2014 商務印書館（香港）有限公司
ISBN 978 962 07 4496 9
Printed in Hong Kong

版權所有，不得翻印

導言

《戰國策》是中國古代文史名著，是從戰國到秦、漢間縱橫家遊説之辭和權變故事的彙編。

戰國時期，中國歷史發生劇烈變化。由春秋時期的小國林立變為秦、楚、燕、韓、趙、魏、齊七國爭雄。於是有人專門研究外交策略，講究如何揣摩人主心理，運用縱橫捭闔的手腕，約結盟國，孤立和打擊敵國，時人稱為縱橫家。縱橫家對遊説之術非常重視，為了切磋説動人君的技藝，他們不斷地收集材料，儲以備用，有的親自擬作，以資練習，《戰國策》中的許多篇章就是這樣產生的。

縱橫家們所寫的權變故事和遊説之辭，大體可分作兩類：一類屬於早期作品，寫作時間距所涉及事件發生的時代不遠，雖然文采較遜，但內容大致符合歷史事實，《戰國策》中的許多中短篇説辭都屬於這一類；另一類是晚出的摹擬之作，寫作時間距所擬託的時代已遠，擬作者對史實已感到茫然，其中許多都是託喻之言、虛構之事，目的只是在於練習雄辯，不能當作史實看待。《戰國策》中的許多長篇説辭，如有名的蘇秦、張儀以合縱、連橫遊説各國之辭，大都屬於這類。

西漢末年，光祿大夫劉向奉詔校書，見到了皇家圖書館中許多記載縱橫家説辭的寫本，內容龐雜，編排體例不一，文字也錯亂難讀。他所見到的有六種本子，有《國策》、《國爭》、《短長》、《事語》、《長書》、《修書》等幾種不同的名稱。劉向認為這些都是戰國時遊士輔佐任用他們的國家提出的策謀，應稱為《戰國策》。他按照國別，略以時間編次，定為三十三篇。《戰國策》在流傳過程中，經過許多次傳抄和翻刻，今天所見到的通行本《戰國策》，為南宋人姚宏搜集整理的版本，通稱「姚本」。它的構成情況是：東周策一卷，西周策一卷，秦策五卷，齊策六卷，楚策四卷，趙策四卷，魏策四卷，韓策三卷，燕策三卷，宋、衛策一卷，中山策一卷。共十二個國別，三十三卷。

《戰國策》的價值，從史學方面看，戰國時期，波翻雲詭，策士縱橫，政治、軍事和外交鬥爭錯綜複雜。但我們在研習這段歷史時，卻感到材料異常缺乏，其原因一是當時各國對文獻的銷毀，更為嚴重的是秦始皇焚書，六國的史籍是焚燒的重點，竹帛煙消，典籍散亡，造成了難以彌補的損失。戰國二百數十年間的歷史，全靠《戰國策》保存了一個梗概，這是極其難得的。我們今天去古已遠，尤其應該珍視。

在文學方面，《戰國策》也是千古傳誦的名著，歷代許多知名的文學家都受其影響，從中汲取了寶貴的營養。本書創造了眾多的人物形象，各種不同身份、不同性格的人都栩栩如生，躍然紙上；在語言方面，《戰國策》的文風別具一格，鋪張揚厲，雄渾恣肆，行文波瀾起伏，筆勢縱放，絕無平鋪直敘之筆；《戰國策》中還運用了許多寓言，如「狐假虎威」、「畫蛇添足」、「南轅北轍」、「驚弓之鳥」等等，如今它們已經變成成語，廣為人們使用。

《戰國策》全書共有四百六十章，這裏選取十分之一文字加以註譯和評析，希望能對廣大傳統文化愛好者擴大知識領域、養成高尚的道德情操等方面，有所裨益。

此外，還需附帶說明的有兩點：

一、各章的標題都是編選者加上的。

二、據文義校訂增入的字加「〔　〕」、刪去的字加「（　）」。

繆文遠

目錄

蘇秦以連橫說秦

蘇秦始將連橫說秦惠王曰①：「大王之國，西有巴、蜀、漢中之利②，北有胡貉、代馬之用③，南有巫山、黔中之限④，東有肴、函之固⑤。田肥美，民殷富⑥，戰車萬乘，奮擊百萬⑦，沃野千里，蓄積饒多，地勢形便，此所謂天府⑧，天下之雄國也。以大王之賢，士民之眾，車騎之用⑨，兵法之教⑩，可以並諸侯，吞天下，稱帝而治。願大王少留意，臣請奏其效。」

秦王曰：「寡人聞之：毛羽不豐滿者，不可以高飛；文章不成者⑪，不可以誅罰⑫；道德不厚者，不可以使民；政教不順者⑬，不可以煩大臣。今先生儼然不遠千里而庭教之⑭，願以異日。」……

說秦王書十上而說不行⑮，黑貂之裘弊⑯，黃金百斤盡，資用乏絕，去秦而歸。羸縢履蹻⑰，負書擔橐⑱，形容枯槁⑲，面目犂黑⑳，狀有歸色㉑。歸至家，妻不下紝㉒，嫂不為炊，父母不與言。蘇秦喟〔然〕歎曰：「妻不以我為夫，嫂不以我為叔，父母不以我為子，是皆秦之罪也。」乃夜發書㉓，陳篋數十㉔，得太公《陰符》之謀㉕，伏而誦之，簡練以為揣摩㉖。讀書欲睡，引錐自刺其股㉗，血流至〔足〕〔踵〕㉘。曰：「安有說人主不能出其金玉錦繡，取卿相之尊者乎？」期年，揣摩成，曰：「此真可以說當世之君矣。」

於是乃摩燕烏集闕㉙，見說趙王於華屋之下，抵掌而談㉚。趙王大悅，封為武安君。受相印，革車百乘㉛，錦繡千純㉜，白璧百雙㉝，黃金萬溢㉞，以隨其後，約從散橫，以抑強秦。

（《秦策一》）

【說文解字】

① 蘇秦（？—前 284）：字季子，戰國時東周洛陽人，縱橫家的代表人物之一。　連橫：秦國聯合東方的某一國，攻打其他的國家。　說（粵 seoi^{3} 普 shuì）：遊說。戰國時策士們用談話說動國君採納自己的主張。　秦惠王：名駟，前 337—前 311 年在位。

② 巴、蜀：地名，巴指今重慶一帶，蜀指今四川西部。　漢中：地名，今陝西南部及湖北西部。　利：富饒。

③ 胡貉（粵 hok^{6} 普 hé）：北方遊牧民族，分佈在今內蒙古南部。代馬：地名，代郡、馬邑，在今山西東北部。　用：資財。

④ 巫山：山名，今重慶巫山東。　黔中：郡名，今湖南西部常德地區一帶及貴州東北部。　限：險阻。

⑤ 肴（粵 ngaau^{4} 普 xiáo）：或作「崤」「殽」，山名，在今河南洛寧北。　函：關名，即函谷關，在今河南靈寶東北。

⑥ 殷：富饒。

⑦ 奮擊：能奮勇擊敵的戰士。

⑧ 天府：天然的府庫，指肥沃、險要、物產豐富的地區。

⑨ 用：可供使用的。

⑩ 教：訓練。

⑪ 文章：此指法度。

⑫ 誅：懲罰。

⑬ 政教：刑賞與教化。

⑭ 庭：同「廷」。

⑮ 說：主張。

⑯ 黑貂：身體細長，皮毛珍貴。　弊：破敗。

⑰ 羸（粵 leoi^4 普 léi）：纏繞。　縢（粵 tang^4 普 téng）：綁腿布。　履：踩着。　蹻（粵 goek^3 普 juē）：草鞋。

⑱ 橐（粵 tok^3 普 tuó）：一種口袋。

⑲ 形容：容貌。　枯槁：憔悴。

⑳ 犂：通「黧」，黑色。

㉑ 歸：通「愧」。

㉒ 紝（粵 jam^6 普 rèn）：織布帛的紗縷。

㉓ 發：取出。

㉔ 篋（粵 hip^3 普 qiè）：小箱子。

㉕ 太公《陰符》：太公指周初的開國功臣姜尚，被封於齊，是齊國的始祖。《陰符》，相傳是他所寫的講兵法權謀的書。

㉖ 簡練：選擇。

㉗ 引：拿過來。

㉘ 足：當作「踵」，指腳跟。

㉙ 燕烏集闕：古關塞名，今地不詳。

㉚ 抵：擊，拍。

㉛ 革車：一種戰車。

㉜ 純：匹。

㉝ 璧：圓形的玉器，中有小圓孔。

㉞ 溢：通「鎰」，重量單位，二十兩為一鎰（一說二十四兩）。

【白話輕鬆讀】

蘇秦開始用連橫的主張去遊説秦惠王道：「大王的國家，西邊有巴、蜀、漢中的物產可供利用，北邊有胡、代地區可提供戰備，南有巫山、黔中的險地，東有肴山、函谷關堅固的要塞。土地肥沃，人民眾多而富足，擁有戰車萬輛，精兵百萬，良田縱橫千里，糧食儲備豐富，地理形勢便於攻守，這真是人們所説的天然府庫，確實是天下的強國啊！憑着大王的賢能，軍民的眾多，戰備的充實，戰士的訓練有素，完全能夠兼併諸侯，統一天下，成為治理天下的帝王。希望大王稍加留意，讓我向您陳述如何可以取得重大效果。」

秦惠王道：「我聽説，毛羽長得不豐滿的鳥兒不能高飛，法制不健全的國家不能實施刑罰，道德不高尚的人不能役使百姓，政教不上軌道的不能拿戰爭來勞煩大臣。現在先生鄭重地不遠千里而來，親臨指教，我希望日後再來領教。」……

蘇秦遊説秦王的奏章先後上了十次，意見始終未被採納。他穿的黑貂皮衣破舊了，百斤金屬貨幣也用光了，生活費用失去了來源，只好離開秦國回家。他腿上纏着綁腿，腳穿草鞋，背着書箱，挑着行李，神情憔悴，面色黃黑，臉上顯出羞愧的神色。回到家裏，正在織布的妻子不下機迎接，嫂子也不肯替他燒火做飯，父母也不和他講話。蘇秦長歎道：「妻子不把我當作丈夫，嫂子不把我當作小叔，父母不把我當作兒子，這都是秦的過錯啊。」當天晚上取出藏書，打開了幾十個書箱，找到一部姜太公寫的叫作《陰符》的謀略書，於是埋頭苦讀，選擇精要處反復鑽研。當讀書困倦、睡意襲來的時候，他就用錐子猛扎自己的大腿，鮮血流到了腳跟。他自言自語地說：「哪裏還會有遊說列國君主而不能讓他們拿出金玉錦繡、取得卿相高位的呢？」經過一年，蘇秦鑽研有得，感覺良好，他說：「這下真能用來説服各國在位的君主了。」

於是蘇秦取道燕烏集闕，在華麗的宮殿裏遊説趙王，談得甚是投機。趙王非常高興，封他為武安君，賜給他相印。並賜給他兵車百輛，錦緞千匹，白璧百雙，黃金萬鎰，跟隨在他身後，聯絡東方各國建立合縱聯盟，瓦解連橫陣線，用以對付強大的秦國。

經典延伸讀

積土成山，風雨興焉；積水成淵，蛟龍生焉；積善成德，而神明自得，聖心備焉。故不積蹞步[1]，無以至千里；不積小流，無以成江海。騏驥一躍，不能十步；駑馬十駑，功在不舍。鍥而舍之②，朽木不折；鍥而不舍，金石可鏤③。

《荀子・勸學》

【說文解字】

①步：半步。蹞，同「跬」（粵kwai² 普kuǐ）。

②鍥：雕刻。

③鏤：雕刻。

【白話輕鬆讀】

積土成山，就會興風作雨；積水成淵，就會生出蛟龍，多做好事，養成崇高的道德品質，就會得到大智慧，具備和聖人一樣的思想。所以不積累許多半步，就走不到千里；不積累許多小的水流，就不能形成江海。駿馬一躍，超不過十步；笨馬走上十天，也能行到千里，牠的成功在於堅持不懈。用刀刻物，如果半途而廢，朽木也折不斷；如果不停地刻下去，雖金石也會被雕刻成功。

多思考一點

知識就是力量，學習才能掌握知識。學習需要付出艱苦的努力，像蘇秦那種引錐刺股的精神，是值得稱道的。

掌握知識，是一個不斷積累的過程，日積月累，水滴石穿。要想學好知識，使知識為我所用，就要不間斷地學習，持之以恆。半途而廢，會使前功盡棄。只要有鏤金刻石的精神，決沒有學不好的道理。

張儀司馬錯論伐韓蜀

司馬錯與張儀爭論於秦惠王前①。司馬錯欲伐蜀，張儀曰：「不如伐韓。」王曰：「請聞其說。」對曰：「親魏善楚，下兵三川②，塞轘轅、緱氏之口③，當屯留之道④，魏絕南陽⑤，楚臨南鄭⑥，秦攻新城、宜陽⑦，以臨二周之郊⑧，誅周主之罪⑨，侵楚、魏之地⑩。周自知不救，九鼎寶器必出⑪。據九鼎，案圖籍⑫，挾天子以令天下，天下莫敢不聽，此王業也。今夫蜀，西辟之國，而戎狄之長也⑬，弊兵勞眾不足以成名，得其地不足以為利。臣聞『爭名者於朝，爭利者於市』，今三川、周室，天下之市朝也，而王不爭焉，顧爭於戎狄，去王業遠矣。」

司馬錯曰：「不然。臣聞之，欲富國者，務廣其地；欲強兵者，務富其民；欲王者，務博其德。三資者備，而王隨之矣。今王之地小民貧，故臣願從事於易。夫蜀，西辟之國也，而戎狄之長也，而有桀、紂之亂⑭，以秦攻之，譬如使豺狼逐群羊也。取其地，足以廣國也；得其財，足以富民；繕兵不傷眾，而彼已服矣⑮。故拔一國，而天下不以為暴⑯；利盡西海⑰，諸侯不以為貪。是我一舉而名實兩附⑱，而又有禁暴正亂之名。今攻韓劫天子，劫天子，惡名也，而未必利也，又有不義之名，而攻天下之所不欲，危！臣請謁其故⑲。周，天下之宗室也；齊，韓、周之與國也。周自知失九鼎，韓自知亡三川，則必將二國並力合謀，以因於齊、趙，而求解乎楚、魏。以鼎與楚，以地與魏，王不能禁，此臣所謂『危』，不如伐蜀之完也。」惠王曰：「善，寡人聽子。」

卒起兵伐蜀，十月取之，遂定蜀。蜀主更號為侯，而使陳莊相蜀⑳。蜀既屬，秦益強富厚，輕諸侯。

《秦策一》

【說文解字】

① 司馬錯：秦將，前 316 年，奉派領兵伐蜀。 張儀（？—前 309）：秦臣，本魏國人，是縱橫家的代表人物之一。

② 三川：韓郡名，因有黃河、洛水、伊水而得名。轄境包括黃河以南，今河南靈寶以東，中牟以西及北汝河上游地區。

③ 轘（粵 waan4 普 huán） 轅、 緱（粵 kau1 普 gōu）氏：均山名。轘轅山在河南鞏縣西南，上有險關。緱氏山在今河南偃師南。

④ 當：把守。 屯留：韓地，在今山西屯留縣東南。

⑤ 南陽：地區名，在韓、魏之間，今河南濟源、孟縣、沁陽一帶。

⑥ 南鄭：韓都，在今河南新鄭西。

⑦ 新城、宜陽：均韓地。新城，在今河南伊川西南。宜陽，在今河南宜陽西北的韓城鎮。

⑧ 二周：即東周、西周。

⑨ 誅：聲討。

⑩楚、魏：當作「三川」。

⑪九鼎：相傳是夏、商、周三代的傳國之寶，是政權的象徵。

⑫圖籍：指地圖和戶籍等檔案文書。

⑬辟：通「僻」，偏僻。

⑭桀、紂之亂：像夏桀、商紂那樣的亡國禍亂。當時苴（粵zeoi1 普jū）侯在漢中立國。蜀攻苴，苴侯奔巴。蜀又攻巴，苴侯求救於秦。

⑮繕兵：使軍隊強勁，與上文「弊兵」相對。

⑯拔：攻下。

⑰西海：指蜀國。

⑱附：隨帶。

⑲謁：陳述。

⑳陳莊：秦臣。前314年，秦惠王封公子通為蜀侯，任他為蜀相。

【白話輕鬆讀】

司馬錯和張儀在秦惠王面前爭論，司馬錯主張攻蜀，張儀說：「不如攻韓。」秦惠王說：「我願聽聽你們的意見。」

張儀回答說：「先拉攏魏、楚兩國，再出兵攻打韓的三川地區，堵住轘轅、緱氏的口子，塞住屯留的要道，讓魏國切斷韓國出兵南陽的路，讓楚軍進攻韓國的都城新鄭，秦軍再攻打新城和宜陽，兵鋒直逼東、西二周的郊外，聲討二周國君的罪過，佔領三川之地。周國知道沒有人援救它，定會獻上九鼎等寶物。我們佔有了九鼎，並掌握地圖和戶籍等檔案，就可以挾持周天子，號令諸侯，天下沒有誰敢不服從，王業就成功了。現在的蜀國只不過是西部偏僻的小國和戎狄部落的首領，損兵費力得不到稱王稱霸的名聲，得到它的地盤也沒有多大的好處。我聽說：『爭名要到朝廷上去，爭利要到市場上去。』如今的三川、周室，正是天下的市場和朝廷，大王不去爭奪它們，反而去爭奪落後的地區，這和建立王業就相去太遠了。」

司馬錯說：「不是這樣。要使國家富足，務必擴大領土；要想兵力強大，務必使人民富有；要想建立王業，務必廣施恩德。具備這三個條件，王業自然會隨之而來。現在大王地小民貧，所以我希望從容易的地方着手。那蜀國確實是西方偏僻的小國和落後部族的首領，它恰好有夏桀、商紂那樣的內亂，讓秦國去攻打它，就好像用豺狼去追逐群羊一樣容易。攻取它的地盤，足以擴大疆土；得到它的資源，就可以使我們的百姓富裕，這一仗不會傷亡多少人，它就已經降服了。這樣，我們攻下一國，天下的人不會認為我們殘暴；獲取西方的財富，諸侯不會認為我們貪婪。我們這是一舉而名利雙收，能得到除暴止亂的好名聲。如今去攻打韓國，脅迫天子，脅迫天子會背上壞名，而且未必能得到甚麼好處，又會落個不義的壞名聲，攻打普天下都不贊成攻打的國家，這是很危險的。請讓我申訴一下理由吧：周是天下共尊的王室，齊是韓、周的同盟國。周國知道自己將失去九鼎，韓國知道自己將丟掉三川，它們兩國就會齊心合力，通過齊、趙兩國的疏通，讓楚國和魏國不再以它們為敵。周把九鼎送給楚國，韓把土地送給魏國，大王是沒法禁止的，這就是我說攻打韓、周存在危險的理由，不如攻打蜀國可保萬全。」秦惠王說：「好，我聽你的。」

秦終於起兵攻蜀，當年十月就拿下它，控制了蜀國的局勢。蜀國君主改王號為侯，秦派去陳莊作蜀侯的國相。蜀國既已歸附，秦國更加強大和富庶，瞧不起東方各國諸侯。

經典延伸讀

（劉備訪諸葛亮於草廬之中，問以當世之事，亮答曰）益州險塞①，沃野千里，天府之土，高祖因之以成帝業②。……若跨有荊③、益，保其岩阻④，西和諸戎，南撫夷、越⑤，外結好孫權⑥，內修政理，天下有變，則命一上將將荊州之軍以向宛、洛⑦，將軍身率益州之眾出於秦川⑧，百姓孰敢不簞食壺漿以迎將軍者乎？誠如是，則霸業可成，漢室可興矣。

（《三國志・蜀書・諸葛亮傳》）

【說文解字】

①益州：漢代行政區劃，十三州之一。主要包括今四川、貴州二省及陝西南部漢中一帶及雲南東北部。

②高祖：劉邦（前256—前195），西漢王朝的建立者。

③荊：漢代行政區劃，十三州之一。主要包括今湖南全省及湖北南半部。

④岩：險要、險峻。

⑤夷、越：指分佈在今四川南部及雲南、貴州的少數民族。

⑥孫權（182—252）：三國時，吳開國皇帝。

⑦宛、洛：地名。宛，今河南南陽。洛，今河南洛陽。

⑧秦川：泛指今陝西、甘肅秦嶺以北渭水平原。

【白話輕鬆讀】

（劉備到草廬之中拜訪諸葛亮，向他問詢當世的大事，諸葛亮回答說）益州地勢險要，肥沃的土地縱橫千里，號稱天府之地，我朝高祖依靠它成就了帝業。……如果跨有荊、益兩州，憑藉它的險阻，西邊與戎族聯和，南邊安撫夷、越等族，對外和孫權搞好關係，對內整頓政治，一旦天下有甚麼變故，就派出一員上將，率領荊州的部隊殺向宛、洛，將軍你親率益州的軍隊從秦川殺向中原，百姓有誰敢不拿上食物和飲水來迎接將軍呢？真像這樣，霸業就可宣告完成，漢室也就可以復興了。

多思考一點

要實現宏偉目標，不可能一蹴而就，先要有一個切實可行的近期計劃，也就是一般所說的長計劃、短安排。宏偉目標是遠景，近期規劃是目前任務，這兩者並不矛盾，而是相輔相成的。做好目前的事，將為實現最終的戰略目標打好基礎。

秦惠王和劉備的長遠目標都是要奪取中原，稱王稱霸，但司馬錯、諸葛亮卻都提出了首先取蜀的方案，而秦惠王和劉備也分別正確地採納了他們的建議。看來，他們君臣們都對取蜀和王業的關係，深深地有會於心。司馬錯和諸葛亮的攻蜀方案，說明他們很懂得大處着眼、小處着手的道理。

范雎以遠交近攻說秦王

范雎至秦①，王庭迎②，謂范雎曰：「寡人宜以身受令久矣，〔今者〕〔會〕義渠之事急③，寡人日自請太后。今義渠之事已，寡人乃得以身受命。躬竊閔然不敏④，敬執賓主之禮。」范雎辭讓。是日見范雎，見者無不變色易容者。秦王屏左右⑤，宮中虛無人。秦王跪而請曰⑥：「先生何以幸教寡人⑦？」……

范雎曰：「大王之國，北有甘泉、谷口⑧，南帶涇、渭⑨，右隴、蜀⑩，左〔關〕〔商〕阪⑪；戰車千乘，奮擊百萬。以秦卒之勇，車騎之多，以當諸侯，譬若馳韓盧⑫而逐蹇兔也，霸王之業可致。今反閉〔關〕而不敢窺兵於山東者，是穰侯為國謀不忠⑬，而大王之計有所失也。」

王曰：「願聞所失計。」睢曰：「大王越韓、魏而攻強齊，非計也。少出師則不足以傷齊，多之則害於秦。臣意王之計⑭，欲少出師，而悉韓、魏之兵則不義矣⑮。今見與國之〔不〕可親⑯，越人之國而攻，可乎？疏於計矣！昔者，齊人伐楚⑰，戰勝，破軍殺將，再辟千里，膚寸之地無得者，豈齊不欲地哉，形弗能有也。諸侯見齊之罷露⑱，君臣之不親，舉兵而伐之，主辱軍破，為天下笑。所以然者，以其伐楚而肥韓、魏也。此所謂藉賊兵而齎盜食者也⑲。王不如遠交而近攻，得寸則王之寸，得尺亦王之尺也。今舍此而遠攻，不亦繆乎！」……王曰：「善。」

《秦策三》

【說文解字】

① 范雎（?—前255）：戰國時魏人，字叔，著名辯士，因得罪魏相魏齊，受笞幾乎死去，後被鄭安平所救，改名張祿，由秦國使者秘密帶入秦國，說秦昭王，任秦相，後封應侯。

② 王：指秦昭王，名稷，前306—前251年在位。

③ 義渠：羌族所建立的小國，在今甘肅慶陽一帶。

④ 閔然：昏昧的樣子。

⑤ 屏（粵bing^{2} 普bǐng）：排除。

⑥ 跪：古人席地而坐，坐時臀部壓在腳跟上。跪是談話時為了表示敬意，就抬起臀部，挺直大腿。

⑦ 幸：敬詞。

⑧ 甘泉：山名，在今陝西淳化西北。谷口：地名，當涇水出山的口子，在今陝西禮泉東北。

⑨ 涇、渭：二水名，在今陝西中部。

⑩ 隴：隴山，在今陝西隴縣西北。

⑪ 關阪：「關」當作「商」。商阪，今陝南商縣境內的商洛山。

⑫ 韓盧：韓國出產的著名猛犬。

⑬ 穰（粵joeng^{4} 普ráng）侯：名魏冉，戰國時楚國人，秦昭王母宣太后異父弟。昭王年少，宣太后掌權，被任為相。封於穰（今河南鄧

縣），號穰侯。

⑭意：猜想。

⑮不義：不宜。

⑯與國：同盟國，即韓、魏。

⑰齊人伐楚：前286年，齊滅宋，接着攻佔了楚的淮北地區。

⑱罷（粵pei^{4} 普pí）露：人力物力受到消耗。罷，通「疲」。

⑲藉：憑藉；依靠。　齎（粵zai^{1} 普jī）：把東西送人。

【白話輕鬆讀】

范雎來到秦國，秦王在宮殿前的庭院裏迎接他。秦王對他說：「我早就該親自聆聽你的教誨了，恰好碰上要處理義渠的問題，我每天都得向太后請示。現在義渠的事已經辦完，我這才有機會親自接受你的教導。我深感自己行動遲緩，沒有及時接見，請讓我現在恭行賓主之禮吧！」范雎表示謙讓。這天在場見此情景的人，臉上無不表現出感動的神情。秦王讓身旁的人退下，宮中已沒有旁人。秦王挺直腰腿，誠懇地向范雎請教說：「先生將會怎樣來指教我呢？」……

范雎說：「大王的國家北有要塞甘泉、谷口，南有涇、渭兩水環繞，西有險峻的隴、蜀山地，東邊有險要的商洛山；擁有戰車千輛，精兵百萬。憑着秦兵的勇敢，車馬的眾多，以這樣的實力去對付諸侯，就像是用良犬去追逐跛足的兔子一樣，霸王之業真是手到擒來。現在反而閉起關門，不敢向東方諸國用兵，這都怪穰侯沒有忠心地為國家出謀劃策，而大王的決策也有所失誤啊！」

昭王說：「我很想知道究竟錯在哪裏？」范雎說：「大王越過韓、魏去攻打強大的齊國，這不是好辦法。你派出的軍隊少了，就不能打敗齊國；多派軍隊，又會對秦國有損。我估計大王想少派軍隊，而讓韓、魏兩國投入全部軍力，但這是不恰當的。如今片面認為盟國韓、魏可靠，越過它們去攻齊，能行嗎？這是謀劃不周啊！從前，齊國人去攻打楚國，取得勝利，打敗楚軍，殺掉楚國將領，再次開拓土地上千里，但最後齊國卻連分寸土地都沒有得到，哪裏是齊國不想要土地，而是形勢不允許啊！諸侯看到齊國軍隊疲勞，君臣又不團結，於是興兵攻打齊國，齊王蒙羞，部隊瓦解，被天下人所恥笑。其所以會這樣，是因為攻打楚國實際上反而壯大了韓、魏的勢力。這就是人們常說的把武器借給強盜，把糧食送給小偷啊！我認為大王不如與遠方國家結盟而攻打鄰近的國家，這樣，得寸土就是大王的寸土，得尺地就是大王的尺地，現在不採用這個策略而去攻打遠方的國家，不是犯了嚴重的錯誤嗎？」……昭王說：「你說得對。」

經典延伸讀

昭王得范雎，廢穰侯，逐華陽①，強公室，杜私門，蠶食諸侯，使秦成帝業。

《史記・李斯列傳》

【說文解字】

① 華陽：即華陽君，羋（粵 mei^5 普 mǐ）姓，名戎，秦昭王母宣太后異母弟。

【白話輕鬆讀】

秦昭王得到范雎為臣，廢黜舅舅穰侯，趕走舅舅華陽君，加強王室的力量，壓制私家的勢力，逐步蠶食諸侯，使秦成就稱帝的事業。

多思考一點

范雎為秦國提供了一個逐步發展壯大自己，並最終奪取天下的策略，即「遠交近攻」。

在范雎到來之前，因地理位置的關係，秦國也自發地在實行遠交近攻的辦法。由於是自發的，所以有時就會偏離方向，出現挫折。自范雎強調遠交近攻後，秦國從此有了指導方針，方向明確，步步為營，最終完成統一的偉業。

在遠交近攻策略制定和實行的過程中，我們可以看到自發執行和自覺執行的效果完全兩樣。因此，我們做事情如果沒有明確的目標，效果將會受到很大影響。如果確立了正確的信念，則自身的潛力將會極大地激發出來，成功的機率定會大大增加。

或説秦王毋恃強而驕

謂秦王曰①：「臣竊惑王之輕齊、易楚，而卑畜韓也②。臣聞王兵勝而不驕，伯主約而不忿③。勝而不驕，故能服世；約而不忿，故能從鄰。今王廣德魏、趙而輕失齊，驕也；戰勝宜陽④，不恤楚交⑤，忿也。驕忿非伯主之業也，臣竊為大王慮之而不取也。

「《詩》云：『靡不有初，鮮克有終⑥。』故先王之所重者，唯始與終。何以知其然？昔智伯瑤殘范、中行⑦，圍逼晉陽⑧，卒為三家笑⑨；吳王夫差棲越於會稽⑩，勝齊於艾陵⑪，為黃池之遇⑫，無禮於宋⑬，遂與勾踐禽⑭，死於干隧⑮；梁君伐楚、勝齊⑯，制趙、韓之兵，驅十二諸侯以朝天子於孟津⑰，後子死，身布冠而拘於（秦）〔齊〕⑱。三者非無功也，能始而不能終也。

「今王破宜陽，殘三川⑲，而使天下之士不敢言；雍天下之國⑳，徙兩周之疆，而世主不敢交陽侯之塞㉑，取黃棘㉒，而韓、楚之兵不敢進。王若能為此尾㉓，則三王不足四，五伯不足六；王若不能為此尾，而有後患，則臣恐諸侯之君，河、濟之士㉔，以王為吳、智之事也㉕。

「《詩》云㉖：『行百里者，半於九十。』此言末路之難。今大王皆有驕色，以臣之心觀之，天下之事，依世主之心，非楚受兵，必秦也。何以知其然也？秦人援魏以拒楚，楚人援韓以拒秦，四國之兵敵而未能復戰也㉗，齊、宋在繩墨之外以為權㉘，故曰先得齊、宋者（伐秦）〔成〕。秦先得齊、宋，則韓氏鑠㉙，韓氏鑠，則楚孤而受兵也。楚先得（齊）〔之〕，則魏氏鑠，魏氏鑠，則秦孤而受兵矣。若隨此計而行之，則兩國者必為天下笑矣。」

（《秦策五》）

【說文解字】

① 秦王：秦武王（前 326—前 307），名蕩，秦惠王之子，前 310—前 307 年在位。

② 卑：貶低。　畜：畜養。

③ 伯（粵 baa³ 普 bà）：通「霸」。　忿：怨恨。

④ 宜陽：地名，在今河南宜陽西北的韓城鎮。

⑤ 恤：憂慮。

⑥「《詩》云」句：《詩》，指《詩經》，引文見《大雅・蕩》。

⑦ 智伯瑤：一作知伯（？—前 453），春秋末期人，晉國六卿之一。前 458 年，滅六卿中的范氏、中行氏。

⑧ 晉陽：趙氏都城，在今山西太原西南。

⑨ 三家：指韓、趙、魏。

⑩ 吳王夫差：春秋吳國國君，前 495—前 473 年在位。　棲：使……居住於。　越：指越王勾踐。　會稽：山名，在今浙江境內。

⑪ 艾陵：在今山東萊蕪東北。

⑫ 黃池：在今河南封丘西南。

⑬ 無禮於宋：吳王殺掉宋國大夫，囚禁宋國婦女。

⑭ 與：又作「為」。勾踐：春秋末越國國君，前497—前465年在位。禽：通「擒」。

⑮ 干隧：在今江蘇蘇州西北。

⑯ 梁君：梁惠王，名罃，前369—前319年在位。

⑰ 十二諸侯：又稱泗上十二諸侯，分佈在泗水流域的一些小國家。孟津：在今河南孟津東北。

⑱ 拘：扣押。

⑲ 三川：韓郡名，因有黃河、洛水、伊水而得名。轄境包括黃河以南，今河南靈寶以東，中牟以西及北汝河上游地區。

⑳ 雍：通「壅」。

㉑ 世主：諸侯。陽侯：要塞名，在今山東沂水南。

㉒ 黃棘：在今河南新野東北。

㉓ 尾：終，完成。

㉔ 河、濟：黃河和濟水，泛指中原地區。

㉕ 吳：吳王夫差。智：智伯瑤。

㉖《詩》云：「詩」當作「語」，指相傳的古語。

㉗ 敵：力量相當。

㉘ 繩墨：木工打直線的墨線，比喻規矩或法度。

㉙ 爍（粵 $soek^3$ 普 shuò）：削弱。

【白話輕鬆讀】

有人對秦王說：「我感到不解的是，大王為甚麼要輕視齊、楚而小看韓國。我聽說，王者戰勝而不驕傲，霸君主持盟約而不急躁，戰勝而不驕傲，所以能使諸侯悅服，主盟而不急躁，所以能使盟國順從。如今大王重視拉攏魏、趙，把失去齊國交誼不放在心上，這就是因為驕傲之故。攻克宜陽，不顧楚國的交誼，這就是盛氣凌人。驕傲和放肆不是王者和霸主所應有的風範，我私下為大王考慮，這種做法是不可取的。

「《詩經》上說：『開頭都很好，但少有保持到最後的。』所以先王看重的就是有始有終。為甚麼知道是這樣呢？從前智伯瑤滅掉范氏、中行氏，圍攻晉陽，但終於失敗，被韓、趙、魏三家所笑。吳王夫差迫使越王退守會稽山，在艾陵戰勝齊國，召集黃池盟會，對宋國沒有禮貌，終被勾踐制服，死在干隧。梁惠王攻打楚國，戰勝齊國，控制韓、趙的軍力，帶領泗上十二諸侯，在孟津朝見周天子，但後來太子申戰死，只好戴上布冠對齊國屈服。上述三人不是沒有戰功，但都只有好的開頭而不能善終啊！

「現在大王佔領宜陽，橫掃三川，使天下的人不敢開口議論；切斷諸侯的聯繫，縮小了兩周的疆土，使各路諸侯不敢聚合策劃圖謀秦國；奪取黃棘，而楚、韓的部隊不敢前進。大王如果能貫徹到底，就能建立稱王稱霸的大業。大王如果不能善始善終，就會有滅亡的禍患，我擔心各國的君主和知名人士會使大王步吳王夫差和智伯瑤的後塵。

「古語說：『百里的路程，九十里只算到了一半。』這是說走完最後一程的困難。現在大王頻頻表現出驕傲的情緒，以我的愚見看來，天下的事情，照諸侯的想法，不是攻楚，便是攻秦。為甚麼知道會是這樣呢？秦國援助魏國以抗禦楚國，楚國援助韓國以抗禦秦國，四國的兵力相當，不敢再輕易開戰，齊、宋置身事外，舉足輕重。所以說，先取得齊、宋支持的就會成功。秦先拉攏齊、宋，韓國就會被削弱，韓國削弱了，楚國就會孤立而受到攻擊。楚先拉攏齊、宋，魏國就會被削弱，魏國削弱了，秦國就會孤立而受到攻擊。如果按照這個辦法去做，秦、楚兩國定會成為天下的笑柄了。」

經典延伸讀

子曰：「如有周公之才之美[1]，使驕且吝，其餘不足觀也已。」

（《論語・泰伯》）

【說文解字】

①周公：姬姓，名旦，西周初年政治家。周文王子，武王弟，輔佐武王、成王，制禮作樂，奠定了西周統治的基礎。

【白話輕鬆讀】

孔子說：「即使像周公那樣的多才多藝，要是驕傲而吝嗇，別的方面也就不值一看了。」

多思考一點

有的人常犯自視過高的毛病，稍有一點成績，就沾沾自喜，自以為了不起。還有一種人，不學無術，卻目空一切，攻擊這個，指責那個，結果受到四面八方的譴責。謙虛使人進步，驕傲使人落後。要想有所成就，先要從不自滿開始。

甘羅説張唐相燕

文信侯欲攻趙以廣河間[1]，使剛成君蔡澤事燕[2]，三年，而燕太子質於秦[3]。文信侯因請張唐相燕[4]，欲與燕共伐趙，以廣河間之地。張唐辭曰：「〔之〕燕者必徑於趙[5]，趙人得唐者，受百里之地。」文信侯去而不快[6]。少庶子甘羅曰[7]：「君侯何不快甚也[8]？」文信侯曰：「吾令剛成君蔡澤事燕三年，而燕太子已入質矣。今吾自請張卿相燕而不肯行。」甘羅曰：「臣〔請〕行之。」文信（君）〔侯〕叱去，曰：「我自行之而不肯，汝安能行之也？」甘羅曰：「夫項橐生七歲而為孔子師[9]，今臣生十二歲於茲矣，君其試臣，奚以遽言叱也[10]！」

甘羅見張唐曰：「卿之功孰與武安君[11]？」唐曰：「武安君戰勝攻取，不知其數，攻城墮邑[12]，不知其數。臣之功不如武安君也。」甘羅曰：「卿明知功之不如武安君歟？」曰：「知之。」「應侯之用秦也[13]，孰與文信侯專[14]？」曰：「應侯不如文信侯專。」曰：「卿明知為不如文信侯專歟？」曰：「知之。」甘羅曰：「應侯欲伐趙，武安君難之[15]，去咸陽七里[16]，絞而殺之。今文信侯自請卿相燕，而卿不肯行，臣不知卿所死之處矣。」唐曰：「請因孺子而行[17]。」令庫具車[18]，廄具馬，府具幣[19]，行有日矣。甘羅謂文信侯曰：「借臣車五乘，請為張唐先報趙。」

見趙王⑳，趙王郊迎。謂趙王曰：「聞燕太子丹之入秦與？」曰：「聞之。」「聞張唐之相燕與？」曰：「聞之。」「燕太子入秦者，燕不欺秦也。張唐相燕者，秦不欺燕也。秦、燕不相欺，則（伐）〔代〕趙危矣㉑。燕、秦所以不相欺者，無異故，欲攻趙而廣河間也。今王齎臣五城以廣河間，請歸燕太子，與強趙攻弱燕。」趙王立割五城以廣河間，歸燕太子。趙攻燕，得上谷三十六縣㉒，與秦什一㉓。

（《秦策五》）

【說文解字】

① 文信侯：秦相呂不韋（？—前 235），戰國末衛國濮陽（今河南濮陽西南）人。　河間：在今河北獻縣東南，呂不韋封地。

② 蔡澤：燕人，入秦代范雎為相。

③ 燕太子：燕王喜的太子，名丹。

④ 張唐：秦將軍。

⑤ 徑：經過。

⑥ 快：快樂。

⑦ 少庶子甘羅：呂不韋的家臣。甘羅，戰國時楚國下蔡（今安徽鳳台）人，秦大臣甘茂孫。

⑧ 君侯：古代對列侯的尊稱。

⑨ 項橐：傳說中的聰明兒童。　孔子：前 551—前 479 年在世，儒家學派的創始者，春秋時魯國陬邑（今山東曲阜東南）人。

⑩ 奚以：為甚麼。　遽：匆忙。

⑪ 武安君：秦名將白起。

⑫ 墮（粵 fai^{1} 普 huī）：同「隳」，毀壞。
⑬ 應侯：即范雎。
⑭ 專：專斷。
⑮ 難（粵 naan^{6} 普 nàn）：責備。
⑯ 咸陽：秦都，今陝西咸陽市東北。
⑰ 孺子：童子，指甘羅。
⑱ 具：準備。
⑲ 幣：禮物。
⑳ 趙王：趙悼襄王。
㉑ 代趙：指趙國。代本古國，被趙吞併。
㉒ 上谷：郡名，今河北懷來一帶。
㉓ 什一：十分之一。

【白話輕鬆讀】

文信侯呂不韋想攻打趙國，以擴大他在河間的封地，他派剛成君蔡澤到燕國工作，三年後，燕太子丹就到秦國做了人質。文信侯因而請張唐到燕國做相，想和燕國共同伐趙，以擴大河間的封地。張唐推辭說：「到燕國去，一定要取道趙國，趙人抓到我的，會得到百里之地的賞賜。」文信侯很不高興地離開了。年輕的家臣甘羅問：「君侯為甚麼那樣地不高興呢？」文信侯說：「我派剛成君蔡澤到燕國工作了三年，而燕太子丹已經到秦國做人質了。現在我親自請張卿去擔任燕相，他卻不肯去。」甘羅說：「我能讓他動身。」文信侯呵斥他離開，道：「我親自叫他走他都不肯，你怎麼能叫他動身呢？」甘羅說：「項橐才長到七歲，就做了孔子的老師，如今我已經十二歲了，你就讓我試一下，為甚麼輕易就進行呵斥呢！」

甘羅去見張唐道：「你的功勞和武安君相比怎麼樣？」張唐說：「武安君屢戰屢勝，攻下城邑不計其數，我的功勞比不上他。」甘羅說：「你確實知道功勞比不上武安君嗎？」答說：「知道。」又問：「應侯在秦國執政，和文信侯相比，誰的權勢更重？」答說：「應侯比不上文信侯的權勢重。」問：「你確實知道是比不上文信侯的權勢重嗎？」答說：「知道。」甘羅說：「應侯想攻打趙國，武安君認為有困難而不肯接受任務，結果在被逐出咸陽七里處，絞刑處死。如今文信侯親自請你到燕國做相，而你不肯動身，我不知道你會死在哪裏了。」張唐說：「請你轉告文信侯，我願意前往。」就叫準備車馬和禮物，定下了行期。甘羅就對文信侯說：「請借給我五輛車子，我先去通報趙王一聲。」

甘羅去見趙王，趙王到城外迎接。甘羅對趙王說：「你聽說燕太子丹入秦的消息了嗎？」答說：「聽說了。」問：「你聽說張唐到燕國為相的事了嗎？」答說：「聽說了。」甘羅說：「燕派太子丹到秦國做人質，表明燕國不欺騙秦國。秦派張唐到燕國做相，表明秦國不欺騙燕國。秦、燕互不欺騙，趙國就危險了。燕、秦兩國所以互不欺騙，沒有別的原因，就是想攻打趙國，擴大河間的地盤。如今大王割給我五城，以擴大河間的地盤。我將請秦遣燕太子歸國，秦、燕斷交後，再轉而和強趙攻打弱燕。」趙王立刻割五城給秦，以擴大河間的地盤，燕太子丹回燕國。趙國發兵攻燕，取得上谷郡三十六縣，給了秦國十分之一。

經典延伸讀

甘羅還報，秦乃封甘羅以為上卿①，復以始甘茂田宅賜之②。太史公曰③：……甘羅年少，然出一奇計，聲稱後世，雖非篤行之君子，然亦戰國之策士也。

（《史記・樗里子甘茂列傳》）

【說文解字】

① 上卿：最尊貴的爵位。

② 甘茂：戰國時下蔡（今安徽鳳台）人。甘羅的祖父，曾任秦相。

③ 太史公：《史記》的作者司馬遷，字子長，西漢陽夏（今陝西韓城）人。《史記》各篇的末尾有一段評論的話，都用「太史公曰」的形式來表述。

【白話輕鬆讀】

甘羅回到秦國，報告出使結果。秦王就封他做上卿，重新把他祖父甘茂的土地和宅子賜給他。太史公說：……甘羅年紀輕輕，但提出一個妙計，就使名聲留傳後世，雖然算不上厚道的君子，但也可算是戰國時善於出謀劃策的人啊。

多思考一點

中國歷史上，許多人年齡不大，就已經嶄露頭角，出人頭地。項橐七歲便做了聖人孔子的老師。甘羅十二歲為秦廷出使，不辱君命。項羽起兵抗秦，只有二十四歲。漢武帝時，十二歲的終軍，請長纓繫南越王。諸葛亮在赤壁大破曹操，只有二十七歲，和他聯合作戰的吳軍都督周瑜，也不過三十歲。唐太宗李世民十八歲起兵，二十四歲平定天下。中唐詩人李賀，七歲時作《高軒過》一篇，使大名鼎鼎的韓愈驚服。明太祖朱元璋投身抗元鬥爭，只有二十五歲，他手下的將領也多半是年青人。

這些例子足以激勵青年人，只要努力學習，奮發向上，定會大有作為。

齊人諫靖郭君城薛

靖郭君將城薛①，客多以諫②。靖郭君謂謁者，无為客通③。齊人有請者曰：「臣請三言而已矣④，益一言，臣請烹！」靖郭君因見之。客趨而進曰：「海大魚。」因反走⑤。君曰：「客有於此。」客曰：「鄙臣不敢以死為戲。」君曰：「亡⑥，更言之。」對曰：「君不聞〔海〕大魚乎？網不能止⑦，鉤不能牽⑧，蕩而失水，則螻蟻得意焉。今夫齊，亦君之水也。君長有齊陰⑨，奚以薛為！（夫）〔失〕齊，雖隆薛之城到於天，猶之無益也。」君曰：「善。」乃輟城薛⑩。

《齊策一》

【說文解字】

① 靖郭君：齊國大臣田嬰，靖郭君是他的封號。薛：靖郭君的封邑，在今山東滕州南。
② 諫：規勸尊長，使改正錯誤。
③ 謁者：靖郭君手下管傳達的小吏。
④ 三言：三個字。
⑤ 反：通「返」。
⑥ 亡：通「無」。
⑦ 止：阻攔。
⑧ 牽：鉤住。
⑨ 陰（粵 jam^3 普 yìn）：同「蔭」，庇護。
⑩ 輟：停止。

【白話輕鬆讀】

靖郭君準備在薛邑修築城牆，許多門客都來勸阻。靖郭君對傳達員說，不要給門客通報。有一位齊國門客要求接見，說：「我只說三個字就行了，多說一個字，就願受烹煮之刑。」靖郭君於是接見他。門客就急步走到靖郭君面前說：「海大魚。」說了轉身就走。靖郭君說：「你可留下把話說完。」門客說：「我不敢用性命來開玩笑。」靖郭君說：「我不怪罪你，請繼續說吧。」門客說：「你沒有聽說過海大魚嗎？網打不上，鈎釣不到，一旦離開了水，螞蟻都可以戲弄牠。如今齊國就像是您的水。您有齊國為您遮風擋雨，拿薛來幹甚麼呢！失去齊國，就算把薛的城牆築到天那樣高，仍然是沒有用處的啊！」靖郭君說：「你說得對。」就停止修築薛的城牆。

經典延伸讀

滕文公問曰①：「齊人將築薛，吾甚恐，如之何則可？」孟子對曰②：「昔者大王居邠③，狄人侵之④，去之岐山之下居焉⑤。非擇而取之，不得已也。……君如彼何哉，強為善而已矣。」

（《孟子・梁惠王下》）

【說文解字】

① 滕文公：滕國的國君。滕，小國，在今山東滕州西南。

② 孟子：名軻，鄒國（今山東鄒縣）人，戰國時儒家學派的大師。

③ 大王：大，同「太」。周族的首領古公亶（粵taan^{2} 普dǎn）父，周朝建立後，被追尊為太王。 邠（粵ban^{1} 普bīn）：地名，在今陝西旬邑西。

④ 狄人：古代北方的少數民族。

⑤ 岐山：在今陝西岐山東北。

【白話輕鬆讀】

滕文公問道：「齊人準備修築薛地的城牆，我非常害怕，怎麼辦才好？」孟子回答說：「從前太王住在邠地，遇着狄人來犯，他便避開，遷到岐山腳下定居。這不是太王經過選擇而決定下來，是不得已啊。……你對齊人有甚麼辦法呢？只有盡力實行仁政罷了。」

多思考一點

靖郭君打算加強薛地的城防工事，引起鄰國震恐，身邊反對的人也不少。靖郭君最初不想聽反對意見，後經一位門客用「海大魚」的巧妙比喻，說服他放棄了原來的想法。

我們做一件事情，如果有反對意見，不妨聽聽不同的聲音，看是否說得在理。說得對，應加採納，顯得度量恢弘；說得不對，可以辯駁。經過反復討論，正確的決策自然會呈現出來。

段干綸說齊王救趙

邯鄲之難①，趙求救於齊。田侯召大臣而謀曰②：「救趙孰與勿救③？」鄒子曰④：「不如勿救。」段干綸曰⑤：「弗救，則我不利。」田侯曰：「何哉？」「夫魏氏兼邯鄲，其於齊何利哉？」田侯曰：「善。」乃起兵，曰：「軍於邯鄲之郊⑥。」段干綸曰：「臣之求利且不利者⑦，非此也。夫救邯鄲，軍於其郊，是趙不拔而魏全也。故不如南攻襄陵以弊魏⑧，邯鄲拔而承魏之弊⑨，是趙破而魏弱也。」田侯曰：「善。」乃起兵南攻襄陵。七月，邯鄲拔。齊因乘魏之弊，大破之桂陵⑩。

《齊策一》

【說文解字】

①邯鄲之難：指趙都受到魏軍的攻打。邯鄲，趙都，在今河北邯鄲西南。

②田侯：戰國時齊國國君，即齊威王，名因齊，前 356—前 320 年在位。

③孰與：與……比，怎樣？

④鄒子：即鄒忌，齊威王大臣，他做齊相，被封在下邳（粵 pei^{4} 普 pī），稱為成侯。

⑤段干綸：齊臣。

⑥軍：駐扎。

⑦臣之求利且不利：「之求」當作「言救」。

且，抑或。

⑧襄陵：魏邑，在今河南睢縣西。

⑨承：通「乘」。

⑩桂陵：齊地，在今河南長垣北。

【白話輕鬆讀】

趙都邯鄲被魏軍包圍，趙國向齊國求救。齊威王召集大臣們商議道：「救趙還是不救？」鄒忌說：「不如不去救。」段干綸說：「不去救會對齊國不利。」齊威王說：「為甚麼呢？」答說：「讓魏國攻下邯鄲，這對齊國有甚麼好處呢？」齊威王說：「好。」於是派兵，說：「大軍駐扎在邯鄲城外。」段干綸說：「我所說的利或不利，不是指這樣辦。援救邯鄲，而駐軍在它的城外，會是趙都不被攻下而魏國兵力無損的局面。所以說不如向南攻打襄陵，使魏軍疲敝。邯鄲被攻下而魏軍疲敝，將使趙國殘破而魏國削弱。」齊威王說：「好。」就派兵南下攻打襄陵。這年的七月，邯鄲失守。齊軍乘魏軍疲敝之機，在桂陵大敗魏軍。

經典延伸讀

魏伐趙，趙急，請救於齊。齊威王……以田忌為將而孫子為師①，居輜車中②，坐為計謀。田忌欲引兵之趙。孫子曰：「……今梁趙相攻③，輕兵鋭卒必竭於外，老弱疲於內。君不若引兵疾走大梁④，據其街路，衝其方虛，彼必釋趙而自救。是我一舉解趙之圍，而收獘於魏也。」田忌從之。魏果去邯鄲，與齊戰於桂陵，大破梁軍。

（《史記・孫子吳起列傳》）

【説文解字】

① 田忌：戰國初齊國名將。　孫子：指孫臏，戰國時齊國阿（今山東陽谷東北）人。曾與龐涓同學兵法。龐涓為魏將軍，騙孫臏入魏，刖其足，黥其面。後齊國使者至魏，把他秘密救出。

② 輜車：有帷幕的車。

③ 梁：即趙國。魏國遷都大梁後，又名梁國。

④ 大梁：魏都，在今河南開封西北。

【白話輕鬆讀】

魏軍攻趙，趙國危急，向齊國求救。齊威王……用田忌為將，孫臏做軍師，在輜車中，坐着出謀劃策。田忌準備領兵往趙。孫臏說：「……如今魏國攻趙，精鋭部隊都派出去了，留下的老弱軍隊疲敝不堪。您不如向大梁急行軍，控制要道，攻擊空虛的地方，魏軍必然撤軍回救。我們就可一舉解去趙都的包圍，擊敗疲敝的魏軍。」田忌採納了他的意見。魏軍果然從邯鄲撤走，和齊軍在桂陵發生戰鬥，齊軍大破魏軍。

多思考一點

發生在公元前354年的桂陵之戰，是在齊威王、段干綸的決策和田忌、孫臏的指揮下，對魏作戰所取得的一次重大勝利。「圍魏救趙」一役，成了經典戰例，被載入許多兵法書中。它的指導思想是攻其所必救，以達到趨利避害、機動殲敵的目的。

魏軍素稱驍勇，看不起齊軍。面對兇猛的強敵，齊軍利用趙、魏相爭、互相消耗的機會牽着敵人的鼻子走，使對方疲於奔命，被動捱打。在魏軍的歸途中實施截擊，在桂陵選好陣地，等候魏軍到來，然後一舉殲敵。

鄒忌諷齊王納諫

鄒忌脩八尺有餘①，身體昳麗②，朝服衣冠，窺鏡，謂其妻曰：「我孰與城北徐公美？」其妻曰：「君美甚。徐公何能及君也！」城北徐公，齊國之美麗者也。忌不自信，而復問其妾曰：「吾孰與徐公美？」妾曰：「徐公何能及君也！」旦日，客從外來，與坐談，問之客曰：「吾與徐公孰美？」客曰：「徐公不若君之美也！」明日，徐公來，孰視之③，自以為不如；窺鏡而自視，又弗如遠甚。暮，寢而思之，曰：「吾妻之美我者，私我也④；妾之美我者，畏我也；客之美我者，欲有求於我也。」

於是入朝見威王曰：「臣誠知不如徐公美，臣之妻私臣，臣之妾畏臣，臣之客欲有求於臣，皆以美於徐公。今齊地方千里，百二十城。宮婦左右，莫不私王；朝廷之臣，莫不畏王；四境之內，莫不有求於王。由此觀之，王之蔽甚矣⑤！」王曰：「善。」乃下令：「群臣吏民，能面刺寡人之過者⑥，受上賞；上書諫寡人者，受中賞；能謗議於市朝⑦，聞寡人之耳者，受下賞。」

令初下，群臣進諫，門庭若市；數月之後，時時而間進⑧；期年之後⑨，雖欲言，無可進者。燕、趙、韓、魏聞之，皆朝於齊。此所謂戰勝於朝廷。

（《齊策一》）

【說文解字】

①脩八尺有餘：約1.70米的個子。脩，同「修」，長。尺，指周尺，一尺約為20厘米。

②昳（粵jat^{6} 普yì）麗：光豔美麗。

③孰：同「熟」，仔細。

④私：偏愛。

⑤蔽：受蒙蔽。

⑥面刺：當面指責。

⑦謗議：批評議論。市朝：人眾會集的公共場所。

⑧間（粵gaan^{3} 普jiàn）進：斷斷續續地進諫。

⑨期（粵gei^{1} 普jī）年：一周年。

【白話輕鬆讀】

鄒忌身高八尺有餘，容貌光彩照人，一天早晨，他穿戴好衣冠，看着鏡子，問他的妻子：「你看我和城北徐公比起來，誰更漂亮？」他的妻子說：「您漂亮極了。徐公怎麼比得上您呢！」城北徐公是齊國有名的美男子，鄒忌不相信妻子所講，又問他的小妾道：「我漂亮還是徐公漂亮？」小妾說：「徐公哪能比得上您呢！」第二天，來了一位客人，鄒忌和他談話時又問：「我和徐公相比，誰更漂亮？」客人說：「徐公比不上您漂亮啊！」

又隔一天，徐公來了。鄒忌仔細端詳他，覺得自己比不上；對着鏡子一照，更覺得自己比徐公差得遠。夜裏，他躺在牀上反復考慮這件事，醒悟道：「我的妻子說我漂亮，是因為她偏愛我！小妾說我漂亮，是因為她害怕我！客人說我漂亮，是因為他有求於我啊！」

於是，鄒忌上朝對齊威王說：「我自知確實不如徐公漂亮，我的妻子偏愛我，我的小妾害怕我，我的客人有求於我，都說我比徐公漂亮。如今齊國的土地縱橫千里，有一百二十座城池，大王宮中的后妃和身邊的侍從沒有不偏愛大王的，朝廷裏的群臣沒有不害怕大王的，國內的百姓沒有不想向大王求助的。這樣看來，大王所受的蒙蔽真是非常厲害啊！」齊威王說：「說得對。」於是就頒佈了一道命令：「無論朝廷群臣、小吏或百姓，凡是能當面指責我的過錯的，受上等獎賞！能上奏章規勸我的，受中等獎賞！能在公眾場合批評議論我，傳到我的耳中的，受下等獎賞！」

命令剛頒佈，官吏們紛紛前來，提出意見，使宮廷內外像集市一樣熱鬧。幾個月後，只是斷斷續續地有人來提意見。一年以後，就是有人想來進言，也沒有甚麼可說的了。燕、趙、韓、魏等國聽到這個情況，都到齊國朝見。這就是人們所說的，通過朝廷上的舉措，不需要用兵，就可以戰勝別國。

經典延伸讀

列精子高聽行乎齊湣王①，（善）衣東布衣②，白縞冠，顙推之履③，特會朝（雨）〔而〕袪步堂下④，謂其侍者曰：「我何若？」侍者曰：「公姣且麗。」列精子高因步而窺於井，粲然惡丈夫之狀也⑤。喟然歎曰：「侍者為吾聽行於齊王也，夫何阿哉⑥！又況於所聽行乎！萬乘之主，人之阿之亦甚矣，而無所鏡，其殘亡無日矣。」

（《呂氏春秋・達鬱》）

【說文解字】

① 列精子高：戰國時的賢人。　聽行：德行受人敬重。　齊湣王：又作齊閔王，戰國時齊國君主，田氏，名地，前 300—前 284 年在位。

② 東布：粗布。

③ 顙（粵 song^2 普 sǎng）推之履：突頭鞋。

④ 會朝：黎明。　袪（粵 keoi^1 普 qū）步：漫步。

⑤ 粲然：清楚明白。

⑥ 阿：曲意逢迎。

【白話輕鬆讀】

齊湣王對列精子高言聽計從。一天，列精子高穿着粗布衣服，白絹的素帽，樸素的鞋子，黎明時分在庭院裏散步，對他的侍從說：「你看我的形象怎麼樣？」侍者曰：「您華貴而動人。」列精子高於是走到井邊去自照，明明白白是一個醜男子形象，他長聲歎息道：「侍從因為齊王對我言聽計從，就這樣曲意迎合我啊。更何況那聽取我意見的齊王呢！擁有萬輛戰車的君主，眾人都對他非常奉承，而沒有鏡子自照，他滅亡的日子不遠了！」

多思考一點

這裏所舉的是同一類型、形象生動的兩則寓言。

鄒忌的妻妾和客人，列精子高的侍者，出於不同的動機，誇大鄒忌、列精子高的美麗，但鄒、列兩人都能用鏡自照，看清自己的真面目，從中悟出深刻的道理。

這兩則寓言都是因小見大，由此及彼，從身邊的小事推想到國家的前途。它告誡我們，面對不切實際的讚美，不能一味地自我陶醉，而是要分清它們的真偽。人要有自知之明，要善於及時發現自己的不足，廣泛聽取意見，改正缺點，以免犯嚴重的錯誤。

陳軫為齊說昭陽

昭陽為楚伐魏①，覆軍殺將得八城②，移兵而攻齊。陳軫為齊王使③，見昭陽，再拜賀戰勝，起而問：「楚之法，覆軍殺將，其官爵何也？」昭陽曰：「官為上柱國④，爵為上執珪⑤。」陳軫曰：「異貴於此者何也？」曰：「唯令尹耳⑥。」陳軫曰：「令尹貴矣！王非置兩令尹也，臣竊為公譬可也⑦。楚有祠者，賜其舍人卮酒⑧。舍人相謂曰：『數人飲之不足，一人飲之有餘。請畫地為蛇，先成者飲酒。』一人蛇先成，引酒且飲之，乃左手持卮，右手畫蛇，曰：『吾能為之足。』未成，一人之蛇成，奪其卮曰：『蛇固無足，子安能為之足？』遂飲其酒。為蛇足者，終亡其酒⑨。今君相楚而攻魏，破軍殺將得八城，不弱兵，欲攻齊，齊畏公甚。公以是為名亦足矣，官之上非可重也⑩。戰無不勝而不知止者，身且死，爵且後歸，猶為蛇足也。」昭陽以為然，解軍而去。

（《齊策二》）

【說文解字】

① 昭陽為楚伐魏：這次戰役發生在公元前 323 年。昭陽是楚軍主將，官為大司馬，掌管軍事大權。

② 覆：使……覆沒。

③ 陳軫：齊國人，有名的說客。

④ 上柱國：即大司馬，楚國最高武官。

⑤ 上執珪：楚國的最高爵位。珪，同「圭」，上尖下長方的貴重玉器。

⑥ 令尹：楚國最高官職，是軍政首腦，地位相當於別國的相。

⑦ 譬：打比方。

⑧ 舍人：身邊的侍從人員。 卮（粵zi1 普zhī）：古代的一種盛酒器，泛指酒杯。

⑨ 亡：失。

⑩ 重：增加。

【白話輕鬆讀】

昭陽替楚國攻打魏國，擊潰魏軍，殺掉魏將，奪得八座城池，接着又調動軍隊去攻打齊國。陳軫受齊王派遣，去見昭陽，他向昭陽拜了兩拜，祝賀他打了勝仗，然後起身問道：「根據楚國的規定，擊潰敵軍，殺死敵將，他能得到甚麼官爵呢？」昭陽說：「官可以做上柱國，爵位可以封上執珪。」陳說：「比這更尊貴的官爵是甚麼？」昭陽答道：「就只有令尹了。」陳軫說：「令尹是最尊貴的了，可是楚王不會設置兩個令尹啊！請讓我為您打個比方吧。楚國有一個舉行祭祀的人，祭畢，賜給他身邊的隨從一杯酒。這些人商量道：『這點酒幾個人不夠喝，一個人喝還有剩餘。讓我們在地上畫蛇吧，先畫成的人喝酒。』有一個人先畫好了，拿起酒杯準備喝。他左手拿着酒杯，右手仍在繼續畫着，他說：『我還能給蛇添上腳呢。』蛇腳還沒有畫好，另一個人把蛇畫好了，搶過酒杯說：『蛇本沒有腳，你怎麼能給它添上腳呢！』說着就把酒喝掉了。那個給蛇添上腳的人，終於失去了他應得的酒。如今您輔佐楚國攻打魏國，擊潰敵軍，殺死敵將，又得了八座城池，兵力沒有受到甚麼損耗，您又想去攻打齊國，齊國非常害怕您。您的威名已經遠揚，這很夠了。柱國的官位之上再沒有甚麼官職可加了。連戰連勝而不知道適可而止的人，將會喪失性命，他的官爵也會留給後來的人，這就像給蛇添上腳一樣啊！」昭陽認為陳軫說得對，於是領兵回國。

經典延伸讀

維至狄道①，大破魏雍州刺史王經，經眾死於洮水者以萬計。翼曰②：「可止矣，不宜復進，進或毀此大功。」維大怒。〔翼〕曰：「為蛇畫足。」

《三國志・蜀書・張翼傳》

【説文解字】

① 維：三國時蜀軍統帥姜維，字伯約，天水郡冀縣（今甘肅甘穀東）人。狄道：今甘肅臨洮。

② 翼：姜維的部將張翼，字伯恭，犍為郡武陽（今四川彭山東）人。

【白話輕鬆讀】

姜維的大軍進至狄道，大敗魏雍州刺史王經，王經的部下死在洮水中的數以萬計。張翼説：「可以停止了，不適合繼續前進，前進可能使前功盡棄。」姜維很生氣。張翼説：「如果堅持進軍，無異乎給蛇畫上足啊！」

多思考一點

陳軫遊說昭陽的話語中，說了一個為蛇畫上足的寓言，這個寓言被提煉成一個著名的成語——「畫蛇添足」，流傳至今，膾炙人口。

做甚麼事情，都有一個尺度，要掌握分寸，恰到好處，既不要過分，也不要不及。比如生火煮飯，火候不到，煮成夾生飯，固然不可取；火力過猛，煮成一鍋焦飯，也同樣不可取。

這個故事告誡人們，做事必須尊重客觀實際，不要單憑想像，別出心裁。貪功邀利，節外生枝，往往會把好事辦壞。

蘇秦諫止孟嘗君入秦

孟嘗君將入秦①，止者千數而弗聽。蘇秦欲止之，孟嘗曰：「人事者，吾已盡知之矣；吾所未聞者，獨鬼事耳。」蘇秦曰：「臣之來也，固不敢言人事也，固且以鬼事見君。」孟嘗君見之。謂孟嘗君曰：「今者臣來，過於淄上②，有土偶人與桃梗相與語③。桃梗謂土偶人曰：『子，西岸之土也，埏子以為人④，至歲八月⑤，降雨下⑥，淄水至，則汝殘矣。』土偶曰：『不然。吾西岸之土也，吾殘則復西岸耳。今子，東國之桃梗也，刻削子以為人，降雨下，淄水至，流子而去，則子漂漂者將何如耳⑦。』今秦，四塞之國⑧，譬若虎口，而君入之，則臣不知君所出矣。」孟嘗君乃止。

《齊策三》

【說文解字】

① 孟嘗君：田文，靖郭君田嬰的兒子，這時做齊相。

② 淄：水名，源出今山東萊蕪東北。

③ 土偶人：用泥土做成的人形。　桃梗：用桃木刻成的人像。

④ 埏（粵sin1 普shān）：用水調和泥土。

⑤ 八月：此指周曆八月，相當於夏曆六月，正值雨季。

⑥ 降雨：大雨。降，通「洚」。
⑦ 何如：到哪裏去。
⑧ 四塞之國：四面都有高山、要塞的國家。

【白話輕鬆讀】

孟嘗君將要到秦國去，勸阻的人極多，他都一概不聽。蘇秦打算勸阻他，孟嘗君說：「人世間的事，我通通都知道了；我還沒有聽說過的，只有鬼神的事罷了。」蘇秦說：「我這次來，本來也不敢談人間的事，就是打算和您談談鬼神的事。」孟嘗君接見了他。他對孟嘗君說：「我這次來，經過淄水，遇見有個土偶人和桃梗在互相談話。桃梗對土偶人說：『你是西岸的泥土，把你做成人形，到了八月間，天降大雨，淄水暴發，你就會被沖壞了。』土偶人說：『不對。我本是西岸的泥土，被水沖壞，不過仍然回到西岸而已。可是你呢，本是東方的桃梗，被雕刻成了人形，大雨下來，淄水來到，把你沖走，那時你飄飄蕩蕩，不知哪裏才是你的歸宿。』如今秦是一個四方都有險塞的國家，就像是虎口，你進去了，我不知道你能從哪裏出來呢。」孟嘗君聽了之後就取消了他的行程。

經典延伸讀

秦昭王聞孟嘗君賢，先使涇陽君為質於齊①，以求見孟嘗君。

（《史記・孟嘗君列傳》）

【説文解字】

① 涇陽君：秦昭王同母弟公子市的封號。 質：人質。

【白話輕鬆讀】

秦昭王聽説孟嘗君很有才幹，先派涇陽君到齊國做人質，要求孟嘗君到秦國和他見面。

多思考一點

在齊國執政的孟嘗君得到消息，秦昭王打算見他，於是鐵了心要去，無數門客勸阻他都不起作用。這時，蘇秦出馬勸駕，充分展現了縱橫家能言善辯的才能。

蘇秦不是直接去掃孟嘗君的興頭，而是從眼前的事實入手，即興地道出了土偶和桃梗交談的寓言。

涇陽君來自西方的秦國，蘇秦把他比作西岸的土偶；孟嘗君是東方人士，蘇秦把他比作東國的桃梗；而淄水則是齊國境內的一條河。蘇秦把這些人與景信手拈來，巧妙地組成一個完整的故事，生動形象，情景交融，大大加強了説服力。聽了蘇秦的一席話，孟嘗君終於口服心服，暫停征轡。

魯仲連諫孟嘗君逐客

孟嘗君有舍人而弗悦，欲逐之。魯連謂孟嘗君曰①：「猿（獮）猴錯木據水②，則不若魚鱉；歷險乘危，則騏驥不如狐狸。曹沫之奮三尺之劍③，一軍不能當④；使曹沫釋其三尺之劍，而操銚鎒⑤與農夫居壟畝之中⑥，則不若農夫。故物舍其所長，之其所短⑦，堯亦有所不及矣⑧。今使人而不能⑨，則謂之不肖⑩；教人而不能，則謂之拙。拙則罷之，不肖則棄之。使人有棄逐，不相與處，而來害相報者，豈非世之立教首也哉⑪！」孟嘗君曰：「善。」乃弗逐。

《齊策三》

【說文解字】

① 魯連：即魯仲連，戰國時齊國人，善於出謀劃策，排難解紛，終身不肯出來做官。

② 錯：通「措」，廢棄，放棄。　據：處於。

③ 曹沫：一作曹劌（粵 gwai3 普 guì），春秋時魯國人，曾在一次盟會上逼齊桓公歸還齊國所侵佔的魯國土地。

④ 一軍：一萬二千五百人。

⑤ 銚（粵 jiu4 普 yáo）鎒（粵 nau6 普 nòu）：古代除草的兩種農具。鎒，同「耨」。

⑥ 壟畝：田畝。壟，田中高處。

⑦之：用。
⑧堯：傳說中古代的聖君。
⑨使：作用。不能：做不到。
⑩不肖：沒有才能。
⑪本句疑為：「豈用世立教之道也哉！」

【白話輕鬆讀】

孟嘗君不喜歡他身邊的一位門客，打算趕走他。魯仲連對孟嘗君說：「猿猴離開樹木到了水裏，就比不上魚鱉；經歷險地和攀登峭壁，駿馬就比不上狐狸。從前魯將曹沫揮動三尺長劍，一支大軍也不能抵擋；假使叫曹沫放下手中的三尺長劍，拿上農具，和農夫一起在田間耕種，他還不如農夫。因而對一個人來說，如果捨棄他的長處，使用他的短處，就是像堯那樣的聖人也有不如人的地方啊。現在用人，如果他做不到，就說他沒有本領；教他而他沒有學會，就說他笨。認為是笨拙的就罷免他，認為是沒有本領的就拋棄他。將其拋棄，不能與之相處，將來他會回頭來傷害你、報復你，這哪裏是世上的用人之道呢！」孟嘗君說：「對。」就不趕那個門客了。

經典延伸讀

吳起於是聞魏文侯賢①，欲事之。文侯問李克曰②：「吳起何如人哉？」李克曰：「起貪而好色，然用兵司馬穰苴不能過也③。」於是魏文侯以為將，擊秦，拔五城。

《史記・孫子吳起列傳》

【說文解字】

① 吳起（？—前381）：戰國時衛國左氏（今山東定陶西）人，著名軍事家，曾先後在魯、魏、楚等國任職。魏文侯：戰國初年魏國國君，名斯，前445—前396年在位。他招賢納士，使魏國國勢蒸蒸日上。

② 李克：戰國時魏國大臣，子夏弟子。

③ 司馬穰苴：春秋時齊國軍事家，田氏。曾任大司馬（高級軍官）之職。

【白話輕鬆讀】

吳起聽說魏文侯賢明，想在他手下做事。魏文侯問李克道：「吳起是甚麼樣的人？」李克回答說：「吳起貪財而且喜歡美色，但用兵作戰，古代名將司馬穰苴也超不過他啊。」於是魏文侯用他做將領，攻打秦國，接連拿下五座城池。

多思考一點

金無足赤，人無完人。人都有各自的優缺點，就看怎麼對待。魯仲連和孟嘗君的談話，對如何看待一個人的長處和短處，作了深刻的闡述。捨短取長，就能發揮一個人的才能，把事情辦好。

魏文侯慧眼識吳起，避開他的缺點，使用他的優點，從而使吳起的軍事才能立刻呈放異彩，攻城掠地，建功立業。

馮諼客孟嘗君

齊人有馮諼者①，貧乏不能自存，使人屬孟嘗君②，願寄食門下③。孟嘗君曰：「客何好④？」曰：「客無好也。」曰：「客何能⑤？」曰：「客無能也。」孟嘗君笑而受之曰：「諾。」左右以君賤之也⑥，食以草具⑦。

居有頃⑧，倚柱彈其劍，歌曰：「長鋏歸來乎⑨！食無魚。」左右以告。孟嘗君曰：「食之，比門下之客。」居有頃，復彈其鋏，歌曰：「長鋏歸來乎！出無車。」左右皆笑之，以告。孟嘗君曰：「為之駕，比門下之車客。」於是乘其車，揭其劍⑩，過其友曰：「孟嘗君客我。」後有頃，復彈其劍鋏，歌曰：「長鋏歸來乎！無以為家⑪。」左右皆惡之，以為貪而不知足。孟嘗君問：「馮公有親乎？」對曰：「有老母。」孟嘗君使人給其食用，無使乏。於是馮諼不復歌。

後孟嘗君出記⑫，問門下諸客：「誰習計會，能為文收責於薛者乎⑬？」馮諼署曰⑭：「能。」孟嘗君怪之，曰：「此誰也？」左右曰：「乃歌夫『長鋏歸來』者也。」孟嘗君笑曰：「客果有能也，吾負之，未嘗見也。」請而見之，謝曰：「文倦於事，憒於憂，而性懧愚⑮，沉於國家之事，開罪於先生⑯。先生不羞⑰，乃有意欲為收責於薛乎？」馮諼曰：「願之。」於是約車治裝，載券契而行⑱，辭曰：「責畢收，以何市而反[19]？」孟嘗君曰：「視吾家所寡有者。」

驅而之薛，使吏召諸民當償者悉來合券[20]。券遍合，起矯命[21]，以責賜諸民，因燒其券，民稱萬歲。

長驅到齊[22]，晨而求見。孟嘗君怪其疾也，衣冠而見之[23]，曰：「責畢收乎？來何疾也！」曰：「收畢矣。」「以何市而反？」馮諼曰：「君云『視吾家所寡有者』。臣竊計，君宮中積珍寶，狗馬實外廄，美人充下陳[24]。君家所寡有者，以義耳！竊以為君市義。」孟嘗君曰：「市義奈何？」曰：「今君有區區之薛[25]，不拊愛子其民[26]，因而賈利之[27]。臣竊矯君命，以責賜諸民，因燒其券，民稱萬歲。乃臣所以為君市義也。」孟嘗君不說[28]，曰：「諾。先生休矣[29]！」

後期年，齊王謂孟嘗君曰[30]：「寡人不敢以先王之臣為臣。」孟嘗君就國於薛[31]，未至百里，民扶老攜幼，迎君道中。孟嘗君顧謂馮諼曰：「先生所為文市義者，乃今日見之。」

《齊策四》

【說文解字】

① 馮諼（粵 hyun^1 普 xuān）：孟嘗君的門客。
② 屬（粵 zuk^1 普 zhǔ）：託付。
③ 寄食：依附別人生活。
④ 好（粵 hou^3 普 hào）：愛好。
⑤ 能：善於，勝任。
⑥ 賤之：認為他卑賤。
⑦ 食（粵 zi^6 普 sì）：給……吃。　草具：粗劣的飯食。
⑧ 有頃：不久。
⑨ 鋏（粵 gaap^3 普 jiá）：劍柄，這裏指劍。
⑩ 揭：高舉。
⑪ 為家：養家。
⑫ 記：文告，一說指賬冊。
⑬ 責：同「債」。　薛：齊國地名，在今山東省滕縣東南，是孟嘗君父親的封地。
⑭ 署：簽名。
⑮ 憐（粵 no^6 普 nuò）：同「懦」，懦弱。
⑯ 開罪：得罪。
⑰ 不羞：不以此為羞辱。
⑱ 券契：契約合同。
⑲ 市：買。　反：同「返」。
⑳ 合券：對證合同。
㉑ 矯：假託。
㉒ 長驅：一直趕車不停留。
㉓ 衣冠：穿好衣服，戴好帽子。
㉔ 下陳：堂下的庭院。
㉕ 區區：小小的。
㉖ 拊愛子：這三字是同義語，撫愛的意思。拊，同「撫」。子，慈愛。
㉗ 賈（粵 gu^2 普 gǔ）利：用商人的手段取利。
㉘ 說：同「悅」。
㉙ 休矣：算了吧。
㉚ 齊王：指齊閔王。
㉛ 就國：回到所封的地方。

【白話輕鬆讀】

齊國有個叫馮諼的人，窮得沒法養活自己，就求人託請孟嘗君，在他的門下當一名食客。孟嘗君問：「先生有甚麼愛好嗎？」回答說：「沒有甚麼愛好。」又問：「先生有甚麼才能？」回答說：「沒有甚麼才能。」孟嘗君笑着答應道：「好吧！」孟嘗君身邊的人因為主人不重視馮諼，就隨便拿些粗劣的飯食給他吃。

住下不久，馮諼靠在廊柱上，彈着他的佩劍歌唱道：「長劍啊，我們回去吧！吃飯沒有魚啊。」隨從們把這事報告給孟嘗君。孟嘗君說：「給他魚吃，把他當中等門客對待。」沒過多久，馮諼又彈着劍歌唱道：「長劍啊，我們回去吧！出門沒有車坐。」周圍的人都笑他，又告訴孟嘗君。孟嘗君說：「給他備車，讓他享受乘車門客的待遇。」於是馮諼坐着車，舉着劍，去拜訪他的朋友說：「孟嘗君把我當上客看待。」沒過多久，馮諼又彈着劍歌唱道：「長劍啊，我們回去吧！沒辦法養家啊。」孟嘗君周圍的人都討厭他，認為他貪心不足。孟嘗君問：「馮先生有親屬嗎？」回答說：「有個老母親。」孟嘗君派人把吃的用的給她送去，讓她衣食無缺，於是馮諼也就不再歌唱了。

後來孟嘗君出了文告，向門客們徵詢道：「有誰熟悉賬務會計，能替我到薛邑去收債呢？」馮諼簽上自己的名字，說：「我能辦到。」孟嘗君感到奇怪，問道：「這人是誰呀？」侍從們告訴他：「就是那個歌唱『長劍回去吧』的人啊！」孟嘗君笑着說：「這位門客真是有本領啊，我對不起他，還從來沒有接見過他呢。」就把馮諼請來相見，並向他道歉說：「我疲於處理各種事務，愁得心煩意亂，且生性懦弱，忙於國事，以致開罪了先生。先生不見怪，還願意為我到薛邑收債嗎？」馮諼說：「我願意。」於是備車整裝，帶上契約，準備上路。辭行時馮諼問道：「收完債，買些甚麼東西回來呢？」孟嘗君說：「就看着我家所缺少的東西買吧。」

馮諼驅車來到薛邑，叫差役召集該還債的百姓前來核對契約。核對完畢後，馮諼起身假傳孟嘗君的命令，宣佈免掉百姓所欠的債務，並當眾把契約燒掉，百姓們歡呼萬歲。

馮諼又揚鞭催馬趕回齊都臨淄，一大早就去拜見孟嘗君。孟嘗君對他很快返回感到奇怪，穿戴好衣帽出來接見他，問道：「債收完了嗎？回來得好快啊！」馮諼答說：「收完了。」孟嘗君又問：「買了甚麼回來？」馮諼說：「您說『看着我家所缺少的東西買』。我想，您宮中珍寶堆積，狗馬滿廄，美女成群。您家唯一缺少的就是仁義啊！我自作主張為您把仁義買回來了。」孟嘗君問：「買仁義是怎麼一回事呢？」馮諼說：「現在您只有一個小小的薛邑，不但不撫愛那裏的百姓，反而像商人一樣在他們身上取利。我已擅自假傳您的命令，把債款賜給了百姓，並燒掉了契約，百姓們高呼萬歲。這就是我給您買回的『仁義』啊。」孟嘗君聽了很不高興，說：「好啦，先生下去吧！」

過了一年，齊閔王對孟嘗君說：「我不敢把先王的大臣當作自己的臣下。」孟嘗君只好回到自己的封地薛邑。在距薛邑還有百多里路的地方，百姓扶老攜幼，早已等在路上迎接他了。孟嘗君回過頭對馮諼說：「先生為我買的『仁義』，我今天算是看到了。」

經典延伸讀

（孟子在齊曰）「民之憔悴於虐政，未有甚於此時者也。飢者易為食，渴者易為飲。孔子曰：『德之流行，速於置郵而傳命①。』當今之時，萬乘之國行仁政，民之悦之，猶解倒懸也。故事半古之人，功必倍之，惟此時為然。」

（《孟子‧公孫丑上》）

【説文解字】

① 置郵：驛站傳遞。

【白話輕鬆讀】

（孟子在齊國說）「百姓在虐政中呻吟，沒有比現在更厲害的了。飢餓的人有東西吃就感到滿足，口渴的人有水喝就感到滿足。孔子說過：『德政的推行，比驛站傳遞命令還要快。』在當前這時候，擁有萬輛兵車的大國推行仁政，百姓們高興得就好像倒掛的人被解救下來一樣。所以只要做到古人的一半，所得的功效就是古人的兩倍，只有這個時候才是這樣。」

多思考一點

馮諼焚券的主題是：薛邑人民在高利盤剝下呻吟，「市義」之舉為孟嘗君贏得了民心，獲得了薛地人民的衷心愛戴。少收入一點債款，對孟嘗君沒有什麼影響，人民的擁護則是無價之寶。馮諼高瞻遠矚，預見未來，不愧為具有遠見卓識的謀士。

孟嘗君什麼都不缺，缺的就是「義」，馮諼焚券市義，正好補上了孟嘗君缺少的東西。這個故事還給了我們另一種啟發：人缺少什麼，若能有針對性地加以彌補，往往事半而功倍。

趙威后問齊使

齊王使使者問趙威后[1]。書未發[2]，威后問使者曰：「歲亦無恙耶[3]？民亦無恙耶？王亦無恙耶？」使者不說[4]，曰：「臣奉使使威后，今不問王而先問歲與民，豈先賤而後尊貴者乎？」威后曰：「不然。苟無歲，何以有民？苟無民，何以有君？故有舍本而問末者耶[5]？」

乃進而問之曰：「齊有處士曰鍾離子[6]，無恙耶？是其為人也，有糧者亦食[7]，無糧者亦食；有衣者亦衣[8]，無衣者亦衣。是助王養其民者也，何以至今不業也？葉陽子無恙乎？是其為人，哀鰥寡[9]，恤孤獨[10]，振困窮[11]，補不足。是助王息其民者也，何以至今不業也？北宮之女嬰兒子無恙耶？徹其環瑱[12]，至老不嫁，以養父母，是皆率民而出於孝情者也，胡為至今不朝也？此二士弗業，一女不朝，何以王齊國，子萬民乎[13]？於陵子仲尚存乎[14]？是其為人也，上不臣於王，下不治其家，中不索交諸侯[15]。此率民而出於無用者，何為至今不殺乎？」

（《齊策四》）

【說文解字】

① 齊王：指齊襄王，田氏，名法章，齊閔王子，前283—前265年在位。　趙威后：趙惠文王妻。前266年，趙惠文王卒，子孝成王立，年幼，由趙威后攝政。

② 書：信。　發：拆開。

③ 歲：年景，收成。

④ 說：同「悅」。

⑤ 故：同「胡」。

⑥ 處士：隱居不仕的人。

⑦ 食：動詞，供養，拿東西給人吃。

⑧ 衣（粵 ji³ 普 yì）：動詞，拿衣服給人穿。

⑨ 鰥（粵 gwaan¹ 普 guān）寡：老而無妻曰鰥，老而無夫曰寡。

⑩ 孤獨：老而無子曰孤，幼而無父曰獨。

⑪ 振：同「賑」。

⑫ 徹：通「撤」，除去。　環瑱（粵 zan³ 普 zhèn）：婦女的首飾。環，指耳環、臂環之類。瑱，垂在耳邊的玉飾。

⑬ 子：以……為子。

⑭ 於（粵 wu¹ 普 wū）陵子仲：齊國隱士，陳氏，又稱陳仲子。於陵，地名，齊邑，在今山東鄒平西南。

⑮ 索：求。

【白話輕鬆讀】

齊王派使者去問候趙威后。（齊王給趙威后的）書信還沒打開，趙威后就問使者道：「年成不錯吧？百姓平安無事吧？大王身體好吧？」使者聽了不大高興，說：「我奉命來問候太后，如今你不先問齊王卻先問年成和百姓，難道能把卑賤的放在前邊而把尊貴的放在後邊嗎？」威后說：「不能這麼說。假如沒有好年成，百姓靠甚麼生活呢？如果沒有百姓，怎麼有國君呢？哪有撇開根本而先問枝節的呢？」

於是趙威后又進一步問：「齊國有個叫鐘離子的隱士，他還好嗎？他的為人，不論有糧或無糧的，他都給他們飯吃；不管有衣服還是沒有衣服的，他都給他們衣穿。這是個幫助大王養活百姓的人，為甚麼至今還不給他個官職呢？葉陽子安好嗎？他為人處世，同情鰥寡孤獨，救濟缺吃少穿的人，是個幫助國君使百姓安寧的人，為甚麼現在還不讓他出來建功立業呢？北宮家的孝女嬰兒子還好嗎？她摘掉首飾，到老不嫁，為的是奉養父母，這是給百姓做出行孝的表率啊，為甚麼君王至今還不接見她呢？這兩個賢士不能為國效力，一個孝女沒入朝進見，齊王靠甚麼來治理國家，撫愛百姓呢？於陵子仲還活着嗎？他的為人呀，上不向大王稱臣，下不去治理他的家，中不和諸侯交往。這是帶領大家無所事事，為甚麼至今還不殺掉他呢？」

經典延伸讀

孟子曰：「民為貴，社稷次之①，君為輕。是故得乎丘民為天子②，得乎天子為諸侯，得乎諸侯為大夫。」

（《孟子・盡心下》）

【說文解字】

① 社稷：社是土地神，稷是穀神。在古代，社稷常被用作國家、政權的代稱。

② 丘民：丘是古代地區性的基層組織單位，丘民就是廣大百姓。

【白話輕鬆讀】

孟子說：「百姓最為貴重，土穀之神是其次，君主為輕。所以得到百姓的歡心便做天子，得到天子的歡心便做諸侯，得到諸侯的歡心便做大夫。」

多思考一點

不論是趙威后的民為本、君為末的觀點，還是「民為貴，君為輕」的思想，都是把普通民眾看得比國君還要重，這種可貴的民本思想，不僅代表了中國古代政治家的治國方略，在今天仍然具有借鑒價值。

齊人譏田駢不仕

齊人見田駢①，曰：「聞先生高議，設為不宦，而願為役。」田駢曰：「子何聞之？」對曰：「臣聞之鄰人之女。」田駢曰：「何謂也？」對曰：「臣鄰人之女，設為不嫁，行年三十而有七子，不嫁則不嫁，然嫁過畢矣。今先生設為不宦，訾養千鍾②，徒百人，不宦則然矣，而富過畢矣。」田子辭。

《齊策四》

【說文解字】

① 田駢：戰國時，齊國有名的學者。

② 訾（粵 zi1 普 zī）：資。　鍾：古代量器，六斛四斗為一鍾。

【白話輕鬆讀】

有個齊國人去見田駢說：「聽說你道德高尚，主張不做官，而願為百姓服務。」田駢說：「你在哪裏聽說的？」回答說：「我是從鄰家女兒那裏聽說的。」田駢說：「你這話是甚麼意思？」回答說：「我鄰人的女兒說是不嫁人，可到了三十歲，就生了七個兒子，不嫁倒是不嫁，可生子的數量遠遠超過出嫁的人了。如今先生說是不做官，可受到千鍾的供養，有上百名隨從，不做官倒是不假，可是富裕生活遠遠超過做官的人啊！」田駢聽後，很慚愧。

經典延伸讀

子曰：「始吾於人也，聽其言而信其行；今吾於人也，聽其言而觀其行。於予與改是①。」

（《論語・公冶長》）

【說文解字】

①予：即宰予，春秋時魯國人，名予，字子我，孔子學生，善於言辭。他說要專心學習，卻在白天睡大覺。

【白話輕鬆讀】

孔子說：「從前我看人，他說甚麼我相信甚麼；如今我看人啊，聽了他的話還要觀察他的行為。是宰予使我改變了態度。」

多思考一點

社會上有各種各樣的人，有的人言行一致，說到做到；有的人說一套，做一套。怎麼樣識別呢？有一個簡單的方法，就是把他的言行加以對照。言行如一的人，可以信任；言行相背的人，最好避而遠之，本文的田駢就屬於這種人。

魯仲連論田單攻狄不下

田單將攻狄①，往見魯仲子②。仲子曰：「將軍攻狄，不能下也③。」田單曰：「臣以五里之城，七里之郭④，破亡餘卒，破萬乘之燕，復齊墟⑤，攻狄而不下，何也？」上車弗謝而去⑥，遂攻狄，三月而不克之也。

齊嬰兒謠曰：「大冠若箕，脩劍拄頤⑦，攻狄不能，下壘枯丘⑧。」田單乃懼，問魯仲子曰：「先生謂單不能下狄，請聞其說。」魯仲子曰：「將軍之在即墨⑨，坐而織蕢⑩，立則丈插⑪，為士卒倡曰：『（無）可往矣，宗廟亡矣，（云曰）（魂魄）尚矣，歸於何黨矣⑫。』當此之時，將軍有死之心，而士卒無生之氣，聞若言，莫不揮泣奮臂而欲戰，此所以破燕也。當今將軍東有夜邑之奉⑬，西有菑上之虞⑭，黃金橫帶而馳乎淄、澠之間⑮，有生之樂，無死之心，所以不勝者也。」田單曰：「單有心，先生志之矣。」明日，乃厲氣循城⑯，立於矢石之所，及援枹鼓之⑰，狄人乃下。

（《齊策六》）

【說文解字】

①田單：戰國時齊國臨淄人。前284年，燕軍破齊，他率眾堅守即墨，用火牛陣大破燕軍，盡復失地，後被任為齊相，封安平君。　狄：在今山東高青東南。

②魯仲子：即魯仲連，齊國高士。

③下：攻克。

④郭：外城。七里之郭，形容城很小。

⑤墟：遺址，廢墟，泛指齊國故地。

⑥謝：辭，告別。

⑦修：長的。　頤：下巴。

⑧壘枯丘：壘枯骨成丘，白骨堆成山丘。

⑨即墨：在今山東平度東南。

⑩蕢（粵 gwai^6 普 kuì）：盛土的草包。

⑪丈：拄着，扶着。　插：通「鍤」，指鐵鍬。

⑫黨：處所。

⑬夜邑：在今山東掖縣。

⑭菑：通「淄」，水名。　虞：通「娛」，娛樂。

⑮淄、澠：二水名，在今山東淄博附近。

⑯厲：通「勵」，激勵。　循：通「巡」。

⑰枹（粵 fau^4 普 fú）：同「桴」，鼓槌。

【白話輕鬆讀】

田單將要攻打狄城，他去拜訪魯仲連。魯仲連說：「將軍此去攻打狄城，攻不下此城。」田單說：「我曾憑藉內城五里、外城七里的小地方，率領殘軍餘勇，打敗萬乘大國燕國，收復齊國故土，為甚麼攻打狄城，就攻不下呢？」說完就掉頭登車，不辭而別。隨後去攻打狄城，連攻三個月，無法拿下。

齊國的小孩子們唱着一首歌謠道：「帽兒像簸箕，長劍碰下巴，狄城攻不下，白骨成山沒辦法。」田單聽了有些害怕，又去請教魯仲連：「先生說我攻不下狄城，請把原因告訴我吧。」魯仲連說：「將軍在困守即墨時，一坐下來就編織草筐，一站起來就舞動鐵鍬，激勵戰士們說：『我們已無處可退，國家已經滅亡，但是我們的魂魄還在，我們將到何處安生呢。』那時，將軍有死戰的決心，戰士們都不想偷生，聞聽到你這樣的話，全都揮淚振臂，要求一戰，這就是能打敗燕國的原因啊。如今，您東有夜城豐厚的收入，西有淄水的景色可以娛目，腰繫黃金的帶鈎，驅車與淄水、澠水之間，享受人生的樂趣，沒有拼死的決心，這就是不能勝敵的原因啊。」田單說：「我決心已下，先生您就等着瞧吧。」第二天，田單親自到戰場激勵士氣，巡視地形，並站在能被敵軍弓箭和石塊擊中的地方，擂鼓攻城，狄城終被攻下。

經典延伸讀

故將者，士之心也；士者，將之肢體也。心猶與則肢體不用①，田將軍之謂乎！

（《說苑・指武》）

【說文解字】

① 猶與：即猶豫，遲疑不決。

【白話輕鬆讀】

將領是戰士的首腦，戰士是將領的四肢。腦子裏遲疑不決，四肢就不能運用自如，這說的就是田將軍吧！

多思考一點

作為一個指揮員，應具備多種素質，「勇」是其中之一。勇不僅是要果敢決斷，不退縮，不猶豫，不遲疑，還要善於激勵士氣，鼓舞戰士決戰決勝的勇氣。田單在攻狄之戰中，最初居功自傲，意志消沉，使戰鬥遭受挫折。後經魯仲連批評，幡然改過，終於拿下狄城。

齊君王后之賢

齊閔王之遇殺①，其子法章變姓名，為莒太史家庸夫②。太史敫女③，奇法章之狀貌，以為非常人，憐而常竊衣食之，與私焉。莒中及齊亡臣相聚，求閔王子，欲立之。法章乃自言於莒。共立法章為襄王。

襄王立，以太史氏女為王后，生子建。太史敫曰：「女無（謀）〔媒〕而嫁者，非吾種也④，汙吾世矣。」終身不睹⑤。君王后賢，不以不睹之故，失人子之禮也。

襄王卒，子建立為齊王。君王后事秦謹⑥，與諸侯信⑦，以故建立四十有餘年不受兵。

秦始皇嘗使使者遺君王后玉連環⑧，曰：「齊多知，而解此環不⑨？」君王后以示群臣，群臣不知解。君王后引椎椎破之⑩，謝秦使曰：「謹以解矣。」

及君王后病且卒，誡建曰：「群臣之可用者某。」建曰：「請書之。」君王后曰：「善。」取筆牘受言。君王后曰：「老婦已亡矣⑪！」

君王后死，後后勝相齊，多受秦間金玉，使賓客入秦，皆為變辭，勸王朝秦，不脩攻戰之備。

（《齊策六》）

【說文解字】

①齊閔王之遇殺：前284年，燕軍攻入齊都臨淄，閔王逃亡，被楚將淖齒所殺。

②莒（粵geoi² 普jǔ）：齊邑，在今山東莒縣南。　庸夫：傭夫、僱傭的人。

③敫（粵giu² 普jiǎo）：姓氏。

④種：宗族，族類。

⑤睹：見。

⑥謹：謹慎。

⑦信：講信用。

⑧秦始皇：當從別本作「秦昭王」。君王后死時，秦始皇尚未即位。　遺（粵wai⁶ 普wèi）：送給。

⑨不：同「否」。

⑩椎（粵ceoi⁴ 普chuí）：同「槌」。

⑪亡：同「忘」。

⑫后勝：齊國大臣。

⑬間：間諜。

【白話輕鬆讀】

齊閔王被殺以後，他的兒子法章改名換姓，在莒地太史敫家做了傭人。太史敫的女兒覺得法章的相貌不同尋常，認為他不是一般的人，於是憐愛他，常常偷偷拿些衣服和食物給他，並和他私通。後來莒城中的人和從齊都逃亡出來的臣子在一起聚會，尋找閔王的兒子，準備立他為王。法章向莒城的人說明了自己的身份。他們就共同擁立法章做齊襄王。

襄王即位後，就立太史家的女兒為王后，生下一子名叫建。太史敫說：「我的女兒沒有媒人而自行出嫁，不是我的後代，她污辱了我一世清名。」太史敫終身不肯見王后。王后很賢慧，不因父親不見她而失去做子女的禮節。

齊襄王死後，兒子建繼立為齊王。王后事奉秦國小心謹慎，和諸侯交往講信用，因而齊王建在位有四十多年沒有遭受戰禍。

秦始皇曾派遣使臣送給王后一付玉連環，說：「齊國人足智多謀，能夠解開這連環嗎？」王后把連環給群臣看，群臣不知道怎樣才能解開。王后用槌子擊破玉連環，告訴秦國使臣說：「已經解開了。」

王后病危將死，她告誡齊王建說：「群臣中可以重用某人。」齊王建說：「請讓我寫下來。」王后說：「好。」齊王建取過筆和木簡，準備記下遺言。王后說：「老婦已經忘記了。」

王后死後，后勝為齊相，收受了秦國間諜許多金玉，他派到秦國去的賓客，回來都用變詐的言辭，勸齊王建入秦朝進見，不考慮整頓戰備。

經典延伸讀

王建……不助五國攻秦①，秦以故得滅五國。五國已亡，秦兵卒入臨淄②，民莫敢格者③，王建遂降。

《史記‧田敬仲完世家》

【說文解字】

① 五國：韓、趙、魏、楚、燕。

② 臨淄：齊都，在今山東淄博市西。

③ 格：阻止。

【白話輕鬆讀】

齊王建……不幫助五國攻秦，秦因而能夠滅掉五國。五國被滅亡後，秦兵終於攻進臨淄，百姓沒有敢於抵抗的，齊王建於是投降。

多思考一點

有人説「巾幗不讓鬚眉」，這話在君王后身上得到了驗證。君王后年輕時能慧眼識人，自主擇婿，有眼光。父親宣佈和她斷絕關係，她仍然禮數有加，有孝行。她主持大局，和各國長期友好相處，有才幹。她死後，齊國不久就被秦國滅掉，可見她身繫齊國安危，真可算是一位了不起的女英雄。錘破玉連環的舉動，更顯示出君王后智慧過人。

江乙論北方畏昭奚恤

荊宣王問群臣曰①：「吾聞北方之畏昭奚恤也②，果誠何如？」群臣莫對。

江乙對曰③：「虎求百獸而食之，得狐。狐曰：『子無敢食我也。天帝使我長百獸④，今子食我，是逆天帝命也。子以我為不信⑤，吾為子先行，子隨我後，觀百獸之見我而敢不走乎⑥？』虎以為然，故遂與之行。獸見之皆走。虎不知獸畏己而走也，以為畏狐也。今王之地方五千里，帶甲百萬，而專屬之昭奚恤；故北方之畏奚恤也，其實畏王之甲兵也，猶百獸之畏虎也。」

《楚策一》

【說文解字】

① 荊宣王：即楚宣王，熊姓，名良夫，前369—前340年在位。

② 昭奚恤：楚國的令尹。

③ 江乙：魏國人，當時在楚國做官。

④ 長百獸：做百善的首領。

⑤ 信：誠實。

⑥ 走：逃跑。

【白話輕鬆讀】

楚宣王問群臣道：「我聽說北方各國都害怕令尹昭奚恤，真是這樣嗎？」群臣無人回答。

江乙回答道：「老虎尋找各種野獸吃，得到一隻狐狸。狐狸說：『你可不敢吃我啊。老天派我做群獸的首領，如今你要是吃了我，這就是違抗老天爺的命令啊。如果你不相信我的話，我走在前面，你跟在我身後，看看野獸們見了我有敢不跑的嗎？』老虎認為牠說得對，就和牠一起走。野獸見到牠們，都逃跑了。老虎不知道野獸是因為害怕自己才逃跑的，以為是害怕狐狸。如今大王的國土縱橫五千里，精兵百萬，都交給昭奚恤統領；所以北方各國害怕昭奚恤，其實是害怕大王的精兵，就好像野獸害怕老虎啊。」

經典延伸讀

曾不知鼠憑社貴①，狐藉虎威，外無逼主之嫌，內有專用之功，勢傾天下。

（《宋書・恩幸列傳序》）

【說文解字】

①社：古代祭土地神的神壇。

【白話輕鬆讀】

竟然不知道老鼠依仗着社壇而倡狂，狐狸憑藉着虎威而神氣。外沒有威脅君主的嫌疑，內有專權的有利條件，權勢壓倒天下。

多思考一點

狐假虎威的成語就來自本章。虎是百獸之王，但牠頭腦簡單，竟然被狡滑的狐狸蒙蔽而毫不覺察。

這個故事不在於表現狐狸的聰明，而在於揭露牠的狡猾。像狐狸那樣假借虎威的人，古有昭奚恤，如今呢，恐怕也不乏其人。對於狐假虎威的人，要有一雙慧眼，透過現象看本質，不被假像所迷惑。

還有更好的對策是：老虎都不足怕，狐狸其奈我何！

江乙論楚俗

江乙為魏使於楚，謂楚王曰①：「臣入竟②，聞楚之俗，不蔽人之善，不言人之惡，誠有之乎？」王曰：「誠有之。」江乙曰：「然則白公之亂，得無遂乎③！誠如是，臣等之罪免矣。」楚王曰：「何也？」江乙曰：「州侯相楚④，貴甚矣而主斷⑤，左右俱曰『無有』，如出一口矣。」

（《楚策一》）

【說文解字】

① 楚王：當時楚宣王在位。

② 竟：同「境」。

③ 白公：春秋時人，楚平王的孫子。楚惠王時，曾在楚國作亂，殺令尹，劫持楚王，後被葉公子高所平。

④ 州侯：楚國得寵的大臣，州是他的封邑，地在今湖北洪湖東北。

⑤ 主斷：專斷。

【白話輕鬆讀】

江乙為魏國出使到楚國，對楚王說：「我到了楚國境內，聽說楚國的習俗是不掩蓋別人的優點，不談別人的缺點，真有這回事嗎？」楚宣王說：「真是這樣。」江乙說：「那麼像白公那樣的亂事怕就會成功吧！真要是這樣，我們的過錯也就不會被覺察而免於受罰了。」楚王說：「為甚麼呢？」江乙說：「州侯做楚相，地位尊貴而專斷，你周圍的人都說他『沒有專權的事』，就像從一個人口裏說出來的話啊！」

經典延伸讀

大臣挾愚污之人①，上與之欺主，下與之收利侵漁②，朋黨比周③，相與一口，惑主敗法，以亂士民，使國家危削，主上勞辱，此大罪也。

（《韓非子・孤憤》）

【說文解字】

① 污：不廉潔。

② 侵漁：用不正當的手段謀取。

③ 比周：互相勾結。

【白話輕鬆讀】

大臣拉攏一些腐化貪污的人，和他們對上一起蒙蔽君主，對下一起貪污獲利，結黨營私，說同樣的話，迷惑君主，敗壞法紀，擾亂人民，使國家危亡，主上蒙羞，這可是大罪啊！

多思考一點

中國歷史上曾有不少黑白混淆，是非顛倒，好人蒙冤，壞人得志的史實，常常是主事者聽信片面意見造成的。所以，無論是做事還是識人，聽到各種不同的意見，有的互相矛盾，有的甚至截然相反，這些都很正常。如果只聽到一種聲音，倒反而值得深入調查研究。

莫敖子華論憂社稷之臣

威王問於莫敖子華曰①：「自從先君文王以至不穀之身②，亦有不為爵勸，不為祿勉③，以憂社稷者乎？」莫敖子華對曰：「如華不足以知之矣④。」王曰：「不於大夫⑤，無所聞之？」莫敖子華對曰：「君王將何問者也？彼有廉其爵，貧其身，以憂社稷者；有崇其爵，豐其祿，以憂社稷者；有斷脰決腹⑥，一瞑而萬世不視，不知所益，以憂社稷者；有勞其身，愁其志，以憂社稷者；亦有不為爵勸，不為祿勉，以憂社稷者。」

王曰：「大夫此言，將何謂也？」莫敖子華對曰：「昔令尹子文⑦，緇帛之衣以朝⑧，鹿裘以處⑨。未明而立於朝，日晦而歸食，朝不謀夕，無一月之積。故彼廉其爵，貧其身，以憂社稷者，令尹子文是也。……

「吳與楚戰於柏舉⑩，三戰入郢⑪。君王身出，大夫悉屬⑫，百姓離散。蒙穀結鬥於宮唐之上⑬，舍鬥奔郢，曰：『若有孤⑭，楚國社稷其庶幾乎！』遂入大宮，負離次之典⑮，以浮於江，逃於雲夢之中⑯。昭王反郢⑰，五官失法⑱，百姓昏亂。蒙穀獻典，五官得法，而百姓大治。比蒙穀之功⑲，多與存國相若。封之執珪⑳，田六百畛㉑。蒙穀怒曰：『穀非人臣，社稷之臣。苟社稷血食㉒，余豈患無君乎！』遂自棄於磨山之中㉓，至今無冑㉔。故不為爵勸，不為祿勉，以憂社稷者，蒙穀是也。」

王乃大息曰㉕：「此古之人也，今之人焉能有之耶？」莫敖子華對曰：「昔者先君靈王好小要㉖，楚士約食，馮而能立㉗，式而能起㉘。食之可欲，忍而不入㉙；死之可惡，就而不避。章聞之，其君好發者，其臣抉拾㉚。君王直不好㉛，若君王誠好賢，此五臣者，皆可得而致之㉜。」

（《楚策一》）

【說文解字】

① 威王：楚威王熊商，前 339—前 329 年在位。　莫敖子華：戰國時楚國大夫，名章。莫敖為官名，地位僅次於令尹。

② 文王：楚文王熊貲，前 689—前 677 年在位。　不穀：古代王侯自稱的謙辭。

③ 勉：努力，盡力，同前文「勸」同義。

④ 足：能夠。

⑤ 大夫：指莫敖子華。

⑥ 脰（粵 dau6 普 dòu）：頸項。　決腹：剖腹。

⑦ 令尹子文：令尹，楚國最高軍政長官，相當於別國的相。子文，鬥穀於菟，字子文，楚成王（前 671—前 626 年在位）時為令尹。

⑧ 緇帛之衣：卿大夫的朝服。

⑨ 鹿裘：鹿皮衣，是獸皮中最賤的一種。　處：居家。

⑩ 吳與楚戰於柏舉：此戰發生於前 506 年。柏

舉，春秋時楚地名，在今湖北麻城東北。

⑪ 郢：楚都，在今湖北江陵西北。

⑫ 屬：跟隨。

⑬ 蒙穀：春秋時楚臣。　宮唐：地名，不詳。

⑭ 孤：王室繼承人。

⑮ 離次之典：零亂失次的法典。

⑯ 雲夢：楚國大澤名，在今湖北監利一帶，橫跨長江兩岸。

⑰ 昭王：楚昭王熊珍，前515—前489年在位。

⑱ 五官：分管天、地、神、民、類物的五種官職。　法：法度。

⑲ 比：比較。

⑳ 執珪：楚國最高爵位。

㉑ 畛（粵 can^{2} 普 zhěn）：古代計算田地的單位，千畝為一畛。

㉒ 血食：享受祭祀。

㉓ 磨山：山名，在今湖北當陽東。

㉔ 無冑：後代沒有顯赫的地位。

㉕ 大息：出聲歎息。大，同「太」。

㉖ 靈王好小要：楚靈王熊圍，前540—前529年在位。小要，即細腰。要，同「腰」。

㉗ 馮：同「憑」。

㉘ 式：依靠。

㉙ 入：進食。

㉚ 抉拾：古射箭用具，此指習射。抉，角質製成，用來勾弦，戴指上。拾，用來護臂，皮質製成，戴臂上。

㉛ 直：只是，只。

㉜ 致：招來，招納。

【白話輕鬆讀】

楚威王請教莫敖子華，問道：「從先君文王以來直到我這一代，可曾有過不追求爵位、不計較俸祿，卻又憂慮國家安危的人嗎？」莫敖子華回答：「像我這樣的人回答不了這個問題。」楚王說：「如果不問你，我就無從知道。」莫敖子華說：「大王要問的是哪種類型的人呢？有居官廉潔、不求富貴而為國憂慮的；有官位高、俸祿厚而為國憂慮的；有甘願犧牲、視死如歸、不考慮個人利益而為國擔慮的；有不辭辛勞、愁思苦慮而為國擔慮的；也有不要官爵、不要俸祿而為國擔慮的。」

威王問：「你這樣說，是要說誰呢？」莫敖子華答道：「從前令尹子文，上朝時穿上黑綢朝服，回家就換上粗劣的鹿皮袍子；他天不亮就站在宮門口等候朝見，天黑才回家吃飯；清貧到家中連一個月的存糧都沒有的地步。所以說令尹子文就是那種居官廉潔，不求富貴而為國憂慮的人。……

……吳楚柏舉之戰時，在郢都淪陷、大臣跟着昭王出逃、百姓流離失所之際，蒙穀正在宮唐與敵人遭遇。他放棄與敵人作戰奔向郢都，他說：『昭王不知生死，只要還有嗣君，楚國或許還有復國的希望吧？』於是他潛入楚王宮中，把散亂的典籍收拾起來，背在身上，渡過長江，逃到雲夢澤躲起來。後來昭王返回郢都，官吏們因失去國典而無法可依，社會秩序十分混亂；蒙穀獻出他保存的國典，朝廷有了法令依據，把國家治理得井井有條。蒙穀的功勞與保全國家的功勞一樣大。所以楚王封他以執珪的爵位，並賜給他封地六百畛。可蒙穀卻生氣地說：『我不是國君的臣子，而是國家的臣子。只要國家不亡，我還擔心沒有國君嗎？』於是他放棄封賞隱居到磨山之中，至今他的後代也無人做官。所以說蒙穀就是那不要爵位、不要俸祿而為國憂慮的人啊！」

楚王聽後歎道：「這些都是古時候的人啊，現在哪會有這樣的人呢？」莫敖子華答道：「從前楚靈王喜歡腰細的人，於是楚國的士人都節制飲食，餓得要扶着東西才能站立行走。吃飯是正常的慾望，可他們強忍着不吃；死亡是令人憎惡的，而他們卻甘冒餓死的危險。我還聽說過，如果國君喜歡射箭，他的臣子們就樂於學射。這樣看來，大王只是不愛好賢臣罷了，如果大王真心喜歡賢臣，這幾種賢臣都是可以招來的。」

經典延伸讀

夫聖王之制祭祀也①，法施於民則祀之，以死勤事則祀之，以勞定國則祀之，能御大災則祀之，能捍大患則祀之。

《禮記・祭法》

【說文解字】

①聖王：德行很高的君主。

【白話輕鬆讀】

古代的明君在確定應祭祀的人物時，法制能在百姓中施行，就祭祀他；為國事而犧牲，就祭祀他；用自己的辛勤努力使國家安定，就祭祀他；能抵抗大災的，就祭祀他；能抵禦大災患的，就祭祀他。

多思考一點

人都有一死，有的重於泰山，有的輕於鴻毛。為國家、為人民的利益而死，就比泰山還重。這些道德高尚的人，應當成為我們學習的楷模。

蘇子論進賢

蘇子謂楚王曰①：「仁人之於民也，愛之以心，事之以善言②。孝子之於親也，愛之以心，事之以財③。忠臣之於君也，必進賢人以輔之。今王之大臣父兄，好傷賢以為資④，厚賦斂諸（臣）百姓，使王見疾於民⑤，非忠臣也。大臣播王之過於百姓，多賂諸侯以王之地，是故退王之所愛⑥，亦非忠臣也，是以國危。臣願無聽群臣之相惡也⑦，慎大臣父兄，用民之所善，節身之嗜欲以〔安〕百姓。人臣莫難於無妒而進賢。為主死易，垂沙之事⑧，死者以千數。為主辱易，自令尹以下，事王者以千數，至於無妒而進賢，未見一人也。故明主之察其臣也，必知其無妒而進賢也。賢臣之事其主也，亦必無妒而進賢。夫進賢之難者，賢者用且使己廢，貴且使己賤，故人難之。」

（《楚策三》）

【說文解字】

① 蘇子謂楚王：這裏的蘇子和楚王都是假託人物，不能指實。

② 事：役使。

③ 事：侍奉，奉養。

④ 資：憑藉，資本。

⑤ 見疾：被怨恨。

⑥退：消滅。王之所愛：指土地、名聲等。

⑦相惡：彼此中傷、詆毀。

⑧垂沙之事：指前301年，秦和齊、韓、魏共同攻楚，殺死楚將，攻佔垂沙的事。垂沙，在今河南唐河西南，地當秦、楚邊境。

【白話輕鬆讀】

蘇子對楚王說：「有仁愛的人對於百姓，總是實心實意去愛他們，用美善的言辭，讓他們為自己辦事。孝子對於父母，總是敬愛他們，用財物供給他們。忠臣對於君主，一定推薦賢能之人去輔佐他。如今大王的大臣貴戚們，喜歡攻擊賢人作為提高自己的資本，對百姓加重剝削，使大王被百姓所怨恨，這可不是忠臣啊。大臣在百姓間散播大王的錯誤，又把很多大王的土地割給諸侯，因而減少了大王喜愛的東西，這也不是忠臣，所以國家危險。我希望你不聽任群臣的互相攻擊，慎用大臣和貴戚，要用百姓喜歡的人，節制嗜好和慾望，以使百姓安定。作為臣子，難的是不忌妒而推薦賢才。為君主犧牲並不難，垂沙之戰，犧牲的有好幾千。為君主忍辱也容易，從令尹以下，為大王辦事的人有幾千，至於能不妒忌而推薦賢才的，沒有見到一人。所以明主考察他的臣下，一定要看他能否不妒忌而舉薦賢才。賢臣為他的君主辦事，一定要做到不妒忌而推薦賢才。推薦賢才之所以難於做到，因為賢才受重用會使自己靠邊，賢才受尊崇會使自己的地位降低，所以人們難於這樣做。」

經典延伸讀

君子謂祁奚於是能舉善矣①。稱其讎，不為諂；立其子，不為比；舉其偏，不為黨。《商書》②曰：「無偏無黨，王道蕩蕩。」其祁奚之謂矣。

（《左傳・襄公三年》）

【說文解字】

① 祁奚：春秋時晉國人，曾任晉國中軍尉。前570年告老，先後推薦自己的仇人、兒子、下屬繼任。

② 《商書》：這裏的引文見《尚書》中的《洪範篇》。

【白話輕鬆讀】

君子說祁奚可以稱得上能舉薦賢才了。舉薦仇人，不算諂媚；推薦兒子，不算偏私；推舉下屬，不算結黨。《商書》上說：「不偏私，不勾結，道德廣大，坦坦蕩蕩。」說的就是祁奚這種人吧！

多思考一點

推薦賢才對國家、對人民都是一件好事，但要做到這一點並不容易，因為舉薦他人受到重用，將影響自己的地位和前途，懷挾私心、只圖私利的人，怎麼可能做到無妒而進賢呢？因此能不能「無妒而進賢」反而成為衡量賢能的最高標準。

鄭袖讒魏美人

魏王遺楚王美人①，楚王説之②。夫人鄭袖知王之説新人也③，甚愛新人。衣服玩好，擇其所喜而為之；宮室臥具，擇其所善而為之④。愛之甚於王。王曰：「婦人所以事夫者，色也；而妒者，其情也⑤。今鄭袖知寡人之説新人也，其愛之甚於寡人，此孝子之所以事親，忠臣之所以事君也。」

鄭袖知王以己為不妒也，因謂新人曰：「王愛子美矣。雖然，惡子之鼻⑥。子為見王⑦，則必掩子鼻。」新人見王，因掩其鼻。王謂鄭袖曰：「夫新人見寡人，則掩其鼻，何也？」鄭袖曰：「妾知也。」王曰：「雖惡必言之⑧。」鄭袖曰：「其似惡聞君王之臭也。」王曰：「悍哉⑨！」令劓⑩之，無使逆命。

（《楚策四》）

【說文解字】

① 魏王：不能確指何王。　楚王：指楚懷王，名槐，前328—前299年在位。

② 説：同「悦」。

③ 鄭袖：楚懷王寵妃。

④ 善：喜愛。

⑤ 情：人之常情，真實的情況。

⑥惡：厭惡。下文「惡聞君王之臭」中的「惡」同。
⑦為：如果。
⑧惡：忌諱。
⑨悍：兇。這裏指膽大妄為。
⑩劓（粵 ji^{6} 普 yì）：割去鼻子。

【白話輕鬆讀】

魏王送給楚王一位美人，楚王很喜歡她。夫人鄭袖知道楚王寵愛這位美人，也就裝作很喜歡她。一切服飾珍玩，都挑美人喜歡的送去，住室和臥具，都按美人中意的來置辦。表面看來，鄭袖比楚王還喜歡她。楚王說：「女人侍奉丈夫依靠的是美貌，而有妒忌心也是女人的常情。現在鄭袖知道我喜歡新人，她喜歡的程度居然勝過我，這也就是孝子侍奉父母、忠臣侍奉君主的樣子啊！」

鄭袖知道楚王認為自己沒有忌妒心了，就對新人說：「大王喜歡你的美麗，可是卻不喜歡你的鼻子。你如果去見大王，一定要捂住你的鼻子。」新人見到楚王，果真捂住自己的鼻子。楚王問鄭袖：「新人每次見到我，就捂住她的鼻子，不知是甚麼原因？」鄭袖說：「我知道為甚麼。」楚王說：「即使是很難聽的話，你也一定要告訴我。」鄭袖說：「她好像是討厭聞到大王身上的氣味吧。」楚王說：「真膽大啊！」下令割掉美人的鼻子，不許違抗命令。

經典延伸讀

這廝口蜜腹劍，正所謂匿怨而友者也①。

《鳴鳳記・南北分別》

【説文解字】

①匿：隱蔽。

【白話輕鬆讀】

這個傢伙口蜜腹劍，正是古人所説的心藏怨恨而假意和人交好的人啊。

多思考一點

鄭袖是楚王的寵妃，她妒忌魏國新來的美女，巧施毒計，進行殘害。她先是裝作對新人關心呵護，騙取對方的信任。回過頭來，又蒙蔽楚王，讓楚王也相信她。她口蜜腹劍，兩面三刀，胸藏殺機，製造機會，終於使新人受到殘害，其陰險狠毒，令人髮指。

偽君子的可怕，遠超過真小人。有些人表面上和人要好，但卻包藏禍心，隨時準備在背後刺對方一刀的，對這類偽善者要特別注意提防。

莊辛論幸臣亡國

莊辛謂楚襄王曰①：「……王獨不見夫蜻蛉乎②？六足四翼，飛翔乎天地之間，俛啄蚊虻而食之③，仰承甘露而飲之，自以為無患，與人無爭也。不知夫五尺童子，方將調飴膠絲④，加己乎四仞之上⑤，而下為螻蟻食也。

「蜻蛉其小者也，黃雀因是以⑥。俯噣白粒⑦，仰棲茂樹，鼓翅奮翼，自以為無患，與人無爭也。不知夫公子王孫，左挾彈，右攝丸⑧，將加己乎十仞之上，以其頸為招⑨，晝游乎茂樹，夕調乎酸鹹⑩，倏忽之間⑪，墜於公子之手。

「夫黃雀其小者也，黃鵠因是以⑫。游於江海，淹乎大沼⑬，俯噣鱔鯉⑭，仰齧蔆衡⑮，奮其六翮而淩清風⑯，飄搖乎高翔，自以為無患，與人無爭也。不知夫射者，方將脩其碆盧⑰，治其繒繳⑱，將加己乎百仞之上。被礛磻⑲，引微繳⑳，折清風而抎矣㉑。故晝游乎江河，夕調乎鼎鼐㉒。

「夫黃鵠其小者也，蔡聖侯之事因是以㉓。南游乎高陂㉔，北陵乎巫山㉕，飲茹溪之流㉖，食湘波之魚㉗，左抱幼妾，右擁嬖女㉘，與之馳騁乎高蔡之中㉙，而不以國家為事。不知夫子發方受命乎宣王㉚，繫己以朱絲而見之也。

「蔡聖侯之事其小者也，君王之事因是以。左州侯，右夏侯，輦從鄢陵君與壽陵君㉛，飯封祿之粟，而載方府㉜之金，與之馳騁乎雲夢之中㉝，而不以天下國家為事。不知夫穰侯方受命乎秦王㉞，填黽塞之內㉟，而投己乎黽塞之外。」

襄王聞之，顏色變作，身體戰慄。於是乃以執珪而授之㊱，封之為陽陵君，與淮北之地也㊲。

《楚策四》

【說文解字】

① 莊辛：楚莊王的後代，故以莊為姓。 楚襄王：即楚頃襄王熊橫，前298—前263年在位。

② 獨：難道。 蜻蛉：蜻蜓。

③ 俛：同「俯」。

④ 方將：正要。 飴：糖漿。 膠：粘黐。

⑤ 仞：古代長度單位，八尺為仞。

⑥ 因是以：也是這樣。 因：如同，猶。 以：通「已」，表肯定語氣。

⑦ 噣，同「啄」。 白粒：米粒。

⑧ 攝：捏持，握着。

⑨ 招：箭靶。

⑩ 酸鹹：調味料。言把黃雀做成菜。

⑪ 倏忽：頃刻。

⑫ 黃鵠（粵 huk^{6} 普 hú）：天鵝。

⑬ 淹：停留，止息。 乎：於。

⑭ 鱔：黃鱔。 鯉：鯉魚。

⑮ 衡：同「荇（粵 hang^{6} 普 xìng）」，水草。

⑯ 翮（粵 hat^{6} 普 hé）：鳥翅上的長羽毛。

⑰ 碆（粵 bo^{1} 普 bō）盧：弓箭。碆，石箭頭。盧，黑色的弓。

⑱ 繒（粵 zang^{6} 普 zēng）繳（粵 zoek^{3} 普 zhuó）：繫在箭尾的細繩，以便把箭收回。

⑲ 礛（粵 gaam^{1} 普 jiàn）磻：鋭利的箭。礛，鋭利。磻，同「碆」。

⑳ 引：拖着。 微：細的。 繳：繩子。

㉑ 抎（粵 wan^{5} 普 yǔn）：同「隕」。

㉒ 鼒：大鼎。

㉓ 蔡聖侯：蔡國末代君主。

㉔ 陂（粵 bei^{1} 普 bēi）：山坡。

㉕ 巫山：山名，在今重慶巫山東。

㉖ 茹溪：水名，巫山中的溪流。

㉗ 湘波：湘水。

㉘ 嬖（粵 bai^{3} 普 bì）：受寵愛。

㉙ 高蔡：今河南上蔡。

㉚ 子發：楚宣王將。 宣王：指楚宣王，前 369—前 340 年在位。

㉛ 州侯、夏侯、鄢陵君、壽陵君：皆楚襄王寵臣。

㉜ 方府：楚國藏金的府庫。

㉝ 雲夢：雲夢澤，楚國的大湖，是楚人遊獵之地。

㉞ 穰侯：名魏冉，秦昭王母宣太后異父弟，多次擔任秦相。 秦王：指秦昭王。

㉟ 黽（粵 min^{5} 普 mǐn）塞：在今河南信陽東南的平靖關。

㊱ 執珪：楚國最高爵位名。

㊲ 與：賜與。

【白話輕鬆讀】

莊辛對楚襄王說：「……大王難道沒有見過蜻蜓嗎？牠有六足四翅，在天地之間飛翔，俯身捕食蚊虻，抬頭吸吮甘露，自以為沒有災禍，和人也沒有爭端。牠哪知五尺來高的小孩兒，正用糖漿塗着絲網，要把牠從兩三丈高的地方粘下來，丟給螻蛄和螞蟻吃啊。

蜻蜓還算是小的，黃雀也是如此啊。牠俯身啄食白米粒，仰頭飛到茂密的樹間棲息，張開翅膀，奮力飛翔，自以為沒有災禍，跟誰也沒有爭端。牠哪知那些公子王孫左手持彈弓，右手握彈丸，準備從七八丈的高空把牠彈下來，正把牠的頸脖作箭靶子。牠白天還在茂密的樹間嬉遊，晚上已被調上作料，做成菜餚。真是一轉眼功夫，就落入公子王孫之手。

黃雀還算是小的，天鵝也是如此啊。牠在江海間翱遊，在湖沼裏棲息，低頭捕食魚類，仰頭嚼着菱角和荇菜，奮翅振羽，乘着清風在高空中翱翔，自以為不會有災禍，和誰也沒有爭端。哪知那獵人正在修治弓箭，繫好拴箭的絲繩，要從七八十丈的高空捕捉牠。牠中了箭，拖着細細的絲繩，逆着清風栽落下來。牠白天還在江河中嬉游，晚上已被煮在鼎裏。

天鵝還算是小的，蔡聖侯的事也是如此啊。他南遊高陂，北登巫山，飲馬茹溪，食魚湘江，左手抱着年輕的妃子，右手摟着心愛的美女，和她們一同驅車在高蔡一帶遊樂，不把國事放在心上。他哪知楚將子發正接受楚宣王的命令，要用紅繩子綁他去見楚宣王呢。

蔡聖侯的事還算是小的，大王的事也是如此啊。大王左邊是州侯，右邊是夏侯，車後跟着鄢陵君和壽陵君，吃着封地的糧食，車上載着國庫裏的錢財，和他們在雲夢澤中縱馬驅車，遊獵玩樂，不把國事放在心上。大王哪裏知道穰侯正接受秦王的命令，準備攻進楚國黽塞以南，而把大王趕到黽塞以北去啊。」

楚襄王聽了這番話，臉色大變，身子發抖。於是把執珪的爵位授給莊辛，並封他為陽陵君，賜與他淮河以北的土地。

經典延伸讀

《新序》又載楚襄用莊辛計①，舉淮北之地十二諸侯。蓋喪亂之後，補敗扶傾之計皆出於莊辛，特不能大有所為耳。

（《大事記》）

【說文解字】

①《新序》：西漢劉向所作的書，記載了許多古代故事。

【白話輕鬆讀】

《新序》書中又載楚襄王採納了莊辛的計策，攻下了淮北的一些小國。大敗之後，挽救危局的計謀都是莊辛提出的，只是不能大有作為而已。

多思考一點

楚國土地廣大，在七國中首屈一指，但到了楚襄王時，連遭挫敗，首都淪陷，迭失名城。莊辛指出，問題在於襄王享樂腐化，愛幸佞臣，不顧國事，以致秦軍步步深入，國家瀕於危亡。他善於進說，終使襄王感悟，改弦易轍，因而能穩定局勢，繼續和秦國對峙。

本文因小及大，由物到人，環環相扣，層層遞進，行文鋪張揚厲，開啟了漢賦的先聲。

不死之藥

有獻不死之藥於荊王者①，謁者操以入②。中射之士問曰③：「可食乎？」曰：「可。」因奪而食之④。王怒，使人殺中射之士。中射之士使人說王曰：「臣問謁者，謁者曰可食，臣故食之，是臣無罪，而罪在謁者也。且客獻不死之藥，臣食之而王殺臣，是死藥也。王殺無罪之臣，而明人之欺王。」王乃不殺。

《楚策四》

【說文解字】

① 荊王：楚王。本篇近似寓言，此楚王不能確指。

② 謁者：為國賓掌管傳達的人。　操：持，拿着。

③ 中射之士：善射的人，負責宮廷保衛者。

④ 因：於是，就。

【白話輕鬆讀】

有人向楚王進獻長生不死的仙藥，掌管傳達的官員拿着進入宮中。宮中衛士問道：「可以吃嗎？」答說：「可以。」於是奪過來就吃了。楚王生氣了，派人去殺這個衛士。

衛士叫人向楚王解釋道：「我問傳達的官員，他說可以吃，我這才把它吃掉，可見我並沒有過錯，錯誤在傳遞人身上。況且客人獻上不死的仙藥，我吃了，大王把我殺掉，這分明是死藥啊，擺明是賓客在欺騙大王啊。大王殺掉無罪的我，不是證明大王受騙上當了嗎！不如把我放了吧。」楚王就不殺他了。

經典延伸讀

……蓬萊、方丈、瀛洲，此三神山者，其傳在渤海中。……蓋嘗有至者，諸仙人及不死之藥皆在焉。……始皇自以為至海上而恐不及矣①，使人乃齎童男女入海求之②。……不得，還至沙丘崩③。

（《史記・封禪書》）

【說文解字】

①始皇：即秦始皇，嬴姓，名政，秦王朝的建立者，前246—前210年在位。

②齎：派遣。

③沙丘：地名，在今河北廣宗西北大平台。

【白話輕鬆讀】

……蓬萊、方丈、瀛洲，這三座神山，相傳在渤海之中。……據說曾有人到達過，眾位仙人和不死之藥都在那裏。……秦始皇心裏想着到海上去，惟恐不及。於是派人帶上童男女入海求取仙藥。……沒得到，返回時走到沙丘就死了。

多思考一點

漢語詞彙有時非常多義，同一個詞語不同的人會有不同的理解，而且都很正確。故事中的衛士就是鑽語句多義的空子，故意搞了一個語句上的惡作劇。通過衛士的機智善辯，反映出國君迷信長生不老的愚昧。不死之藥原是騙人的鬼話，可是古往今來，上當受騙的卻層出不窮，有的至死不悟。

魏加論臨武君不可將

天下合從①。趙使魏加見楚春申君曰②：「君有將乎？」曰：「有矣，僕欲將臨武君③。」魏加曰：「臣少之時好射，臣願以射譬之，可乎？」春申君曰：「可。」加曰：「異日者，更羸與魏王處京台之下④，仰見飛鳥。更羸謂魏王曰：『臣為王引弓虛發而下鳥⑤。』魏王曰：『然則射可至此乎？』更羸曰：『可。』有間，雁從東方來，更羸以虛發而下之。魏王曰：『然則射可至此乎？』更羸曰：『此孽也⑥。』王曰：『先生何以知之？』對曰：『其飛徐而鳴悲⑦。飛徐者，故瘡痛也⑧；鳴悲者，久失群也。故瘡未息而驚心未忘也。聞弦者引而高飛，故瘡裂而隕也。』今臨武君嘗為秦孽，不可為拒秦之將也。」

（《楚策四》）

【說文解字】

①從，通「縱」。據《史記・春申君列傳》：秦始皇六年，楚、韓、魏、趙、衛五國為了抵抗秦國的攻伐，相約合縱，討伐秦國。楚王為合縱長，春申君掌權。

②魏加：趙臣。春申君：黃歇的封號。他是楚考烈王的相，被封在吳（今江蘇蘇州）。

③僕：對自己的謙稱。臨武君：趙將龐煖（粵hyun1 普xuān）。

④更贏與魏王：都是假託的人。京台：台名，遊玩觀賞的地方。

⑤引：拉。虛發：只拉弓弦而無箭。下鳥：使鳥掉下來。

⑥孽：未愈的隱傷。

⑦徐：緩慢。

⑧故瘡：舊傷口。

【白話輕鬆讀】

東方各國準備合縱攻秦。趙國派遣魏加去見楚國的春申君道：「您有將領了嗎？」答說：「有了，我打算用臨武君做將領。」魏加說：「我年輕時喜歡射箭，我想用射箭打個比方，可以嗎？」春申君說：「可以。」

魏加說：「從前，更贏和魏王一起在京台的下面，抬頭看見飛鳥，更贏對魏王說：『我願為大王拉滿空弓，做一個彈射的動作，就可使鳥掉下來。』魏王說：『射箭的技巧竟可達到如此神妙的地步嗎？』更贏說：『可以。』不久，一隻雁從東方飛來，更贏拉弓虛彈一下就使牠掉落下來。魏王問：『射箭的技巧真可達到如此的程度嗎？』更贏答道：『因牠有隱傷在身。』魏王說：『先生是怎麼知道的？』答道：『因牠飛得慢而叫聲悲哀。飛得慢，是因牠的舊傷疼痛；叫聲悲哀，是因牠失群已久，舊傷未愈，而驚恐之心還沒有恢復。聽到弓弦聲就奮力高飛，使舊的傷口迸裂，所以就掉了下來。』眼下的臨武君，曾被秦軍打敗過，他可是不能擔任抗秦的將領啊！」

經典延伸讀

四年①，龐煖將趙、楚、魏、燕之銳師②，攻秦蕞③，不拔。

（《史記・趙世家》）

【說文解字】

① 四年：即趙悼襄王四年，前241年。趙悼襄王，名偃，前244—前236年在位。

② 龐煖：戰國時趙將，即臨武君。

③ 蕞（粵 zeoi^{3} 普 zuì）：秦邑，在今陝西臨潼東北。

【白話輕鬆讀】

（趙悼襄王）四年，龐煖率領趙、楚、魏、燕的精鋭軍隊，進攻秦國的蕞，沒有攻下。

多思考一點

故事用驚弓之鳥比喻毫無鬥志的將領，形象生動又具有説服力。《孫子兵法》論做將領應具備五個必要條件，「勇」是其中之一。要完成一件大事，必須要勇敢無畏，有排除一切艱難險阻破浪前進的決心。臨事畏縮，缺乏勇氣，在心裏先就打了敗仗，怎麼可能完成任務呢！

汗明見春申君

汗明見春申君①，候問三月，而後得見。談卒，春申君大說之②。汗明欲復談，春申君曰：「僕已知先生，先生大息矣。」汗明憱焉曰③：「明願有問君而恐固④。不審君之聖，孰與堯也⑤？」春申君曰：「先生過矣，臣何足以當堯！」汗明曰：「然則君料臣孰與舜⑥？」春申君曰：「先生即舜也。」汗明曰：「不然。臣請為君終言之。君之賢實不如堯，臣之能不及舜。夫以賢舜事聖堯，三年而後乃相知也。今君一時而知臣，是君聖於堯而臣賢於舜也。」春申君曰：「善。」召門吏為汗先生著客籍⑦，五日一見。

汗明曰：「君亦聞驥乎⑧？夫驥之齒至矣，服鹽車而上太行⑨。蹄申膝折⑩，尾湛胕潰⑪，漉汁灑地⑫，白汗交流，中阪遷延⑬，負轅不能上。伯樂遭之⑭，下車攀而哭之，解紵衣以冪之⑬。驥於是俛而噴，仰而鳴，聲達於天，若出金石聲者，何也？彼見伯樂之知己也。今僕之不肖，阨於州部，堀穴窮巷⑯，沈洿鄙俗之日久矣⑰，君獨無意湔拔僕也⑱，使得為君高鳴屈於梁乎？」

（《楚策四》）

【說文解字】

① 汗明：事跡不詳。
② 說，通「悅」，喜愛。
③ 憱（粵 cuk1 普 cù）焉：不安的樣子。
④ 固：愚陋。
⑤ 堯：傳說中上古時代的明君。
⑥ 舜：堯臣，後繼堯為君。
⑦ 著：登記。籍：名冊。
⑧ 驥：千里馬。
⑨ 服：駕車，拉車。 太行：山名，綿延於山西、河北兩省。
⑩ 申：同「伸」。
⑪ 湛（粵 cam4 普 chén）：下垂。 胕：同「膚」。
⑫ 漉汁：滲出的液汁。
⑬ 中阪：半山坡上。 遷延：難以前進的樣子。
⑭ 伯樂：姓孫名陽，字伯樂，春秋時善相馬的人。
⑮ 紵（粵 cyu5 普 zhù）衣：麻布衣。 冪（粵 mik6 普 mì）：覆蓋。
⑯ 堀：同「窟」。
⑰ 沈洿：同「沉污」。
⑱ 湔（粵 zin1 普 jiān）：洗滌。

【白話輕鬆讀】

汗明去見春申君，等了三個月才被接見。交談完畢，春申君非常高興。汗明想繼續再談，春申君說：「我已經了解先生了，請先生休息吧。」汗明不安地說：「我想問一個問題，又怕問得太膚淺了。不知道您的聖明比堯怎麼樣？」

春申君說：「先生此言差矣，我怎麼比得上堯呢！」汗明說：「那麼您看我和舜相比怎麼樣？」春申君說：「先生就是舜啊。」汗明說：「不對。請讓我把話說完吧。您的聖明確實比不上堯，我的才能也比不上舜。即使賢能的舜在聖明的堯手下做事，三年以後堯才了解舜。現在您頃刻之間就說了解我，那就是說您比堯更聖明而我比舜更賢能了。」春申君說：「說得好。」就叫手下的辦事人員把汗先生的名字登載在賓客名冊上，每五天接見他一次。

汗明對春申君說：「你曾經聽說過千里馬的故事嗎？千里馬快老了，主人驅使牠駕着鹽車爬太行山。牠伸着蹄，彎着腿，尾巴下垂，皮膚潰爛，口涎流在地上，身上汗水交流，在半山坡上艱難地掙扎，駕着車轅，怎麼也上不去。這時伯樂遇見了牠，就下車牽着牠哭泣，解下自己的麻布衣蓋在牠身上。於是千里馬低頭噴氣，然後昂首嘶鳴，聲徹長空，那聲音就像是從鐘磬等樂器裏發出來的，為甚麼這樣？因為牠看到伯樂了解自己啊。如今我不成材，在地方上受着壓抑，住在窮鄉僻壤，久處污濁鄙俗的環境，你難道不想舉薦我，讓我也能吐露出心裏的委屈、施展自己的抱負嗎？」

經典延伸讀

世有伯樂，然後有千里馬。千里馬常有，而伯樂不常有，故雖有名馬，只辱於奴隸人之手，駢死於槽櫪之間①，不以千里稱也。

（《韓昌黎集・雜説之四》）

【説文解字】

① 槽櫪（粵 lik^{1} 普 lì）：馬槽。

【白話輕鬆讀】

世間有了伯樂，才會有千里馬。千里馬經常有，但伯樂卻是少見，所以雖有好馬，只被庸人奴隸的手所糟蹋，和普通的馬一起死在馬廄裏，而不被人看作千里馬啊。

多思考一點

千里馬是善於奔跑的駿馬，可是遇上不識貨的人，就只能受委屈，受壓抑，困死在馬廄裏。只有遇上伯樂，千里馬才能會迸放異彩，成為出類拔萃的寶馬。

同樣道理，領導人或管理者，不僅要善於發現人才，恰當地使用人才，還要像伯樂那樣愛惜人才。沒有伯樂的眼光和胸懷，就會對千里馬視而不見，把牠當作凡馬對待。

李園進女弟於春申君

楚考烈王無子①，春申君患之，求婦人宜子者進之，甚眾，卒無子。

趙人李園，持其女弟欲進之楚王②，聞其不宜子，恐又無寵。李園求事春申君為舍人。已而謁歸③，故失期。還謁，春申君問狀。對曰：「齊王遣使求臣女弟，與其使者飲，故失期。」春申君曰：「聘入乎？④」對曰：「未也。」春申君曰：「可得見乎？」曰：「可。」於是園乃進其女弟，即幸於春申君。

知其有身⑤，園乃與女弟謀。園女弟承間說春申君曰⑥：「楚王之貴幸君，雖兄弟不如⑦。今君相楚王二十餘年，而王無子，即百歲後，將更立兄弟。即楚王更立，彼亦各貴其故所親，君又安得長有寵乎！非徒然也⑧？君用事久，多失禮於王兄弟，兄弟誠立，禍且及身，奈何以保相印、江東之封乎⑨？今妾自知有身矣，而人莫知。妾之幸君未久，誠以君之重而進妾於楚王，王必幸妾⑩，妾賴天而有男，則是君之子為王也，楚國封盡可得，孰與其臨不測之罪乎？」春申君大然之⑪，乃出園女弟謹舍，而言之楚王⑫。楚王召入，幸之。遂生子男，立為太子，以李園女弟立為王后。楚王貴李園，李園用事。

李園既入其女弟為王后，子為太子，恐春申君語泄而益驕，陰養死士⑬，欲殺春申君以滅口，而國人頗有知之者。

春申君相楚二十五年，……楚考烈王崩，李園果先入，置死士，止於棘門之內⑭。春申君後入，止棘門。園死士夾刺春申君，斬其頭，投之棘門外。於是使吏盡滅春申君之家。而李園女弟，初幸春申君有身，而入之王所生子者，遂立為楚幽王也⑮。

（《楚策四》）

【說文解字】

① 楚考烈王：熊完，楚頃襄王之子，前 262—前 238 年在位。
② 女弟：妹妹。
③ 謁歸：請假回家。謁，請求。
④ 聘：訂婚的信物。　入：交納。
⑤ 有身：懷孕。
⑥ 承間：找機會。
⑦ 雖：即使。
⑧ 徒然：只有這樣。
⑨ 江東之封：春申君初封淮北十二縣，後徙封吳（今江蘇蘇州）。
⑩ 幸：國王寵倖。
⑪ 然：認為正確，贊同。
⑫ 謹舍：設館舍嚴加守衛。
⑬ 死士：殺手。
⑭ 棘門：宮門名。
⑮ 楚幽王：名悍，前 237—前 228 年在位。

【白話輕鬆讀】

楚考烈王沒有兒子，春申君很擔憂這件事，尋求能生育的婦女獻給楚王，進獻了很多，但還是沒有孩子。

趙國人李園帶來他的妹妹，準備獻給楚王。聽說楚王不能生孩子，恐怕自己的妹妹進宮後也因不能懷孕而得不到楚王的寵愛。李園求見春申君，請求做他的門客。不久，李園請假回家，故意超過期限。在他回來拜見時，春申君問他的原因。他回答說：「齊王派使臣來聘娶我的妹妹，我和使者一起喝酒，所以沒有如期返回。」春申君問：「受聘禮了嗎？」答說：「還沒有。」春申君說：「可讓我見一下你妹妹嗎？」答說：「可以。」於是李園就把他的妹妹送來，她隨即得到了春申君的寵愛。

李園知道妹妹懷孕了，就和她一起策劃了一個計謀。李園的妹妹找機會對春申君說：「楚王重用您，超過了他的親兄弟。如今您輔佐楚王二十多年，而楚王沒有兒子，他去世後，就會另立他的兄弟做國君。新君即位，會各自提拔他們原先的親信，你又怎能長期得寵呢？不僅如此，您當權的時間長，有很多得罪楚王兄弟的地方。楚王兄弟真的做了國君，您就會大禍臨頭，又怎麼能保住您的相印和江東的封邑呢？現在我知道自己已經懷孕了，而別人都不知道。我在您身邊的時間不長，果真能憑藉您的地位把我獻給楚王，楚王定會喜歡我。我如能得到上天保佑生個男孩，那麼您的兒子就會成為楚王，楚國全境都將是您的，這不比您面臨不測之罪強嗎？」春申君覺她説得很對，就把李園妹妹遷到府外一個秘密處所，而後推薦給楚王。楚王召她進宮，很寵愛她。後來生了個男孩，被立為太子，李園的妹妹被立為王后。楚王因此重用李園，李園就執掌了大權。

李園使自己的妹妹進宮當了王后，她的兒子成了太子。他擔心春申君洩露內幕或益發驕縱，於是暗中蓄養刺客，企圖殺死春申君滅口。楚國都城中已經有些人知道了這件事。

春申君做楚相的第二十五年，……楚考烈王死了，李園果然搶先進宮，安排刺客，埋伏在宮門裏面。春申君隨後進宮，剛走進宮門，李園的刺客就從兩旁衝出把他刺死，並割下他的頭，扔在宮門外邊。接着又派人把春申君滿門抄斬。李園的妹妹當初與春申君同居懷孕，進宮後生下的那個男孩子，被立為楚國國君，他就是楚幽王啊。

經典延伸讀

呂不韋取邯鄲諸姬絕好善舞者與居①，知有身。子楚從不韋飲②，見而說（悅）之，因起為壽，請之。呂不韋……乃遂獻其姬。姬自匿有身，至大期時③，生子政④。子楚遂立姬為夫人。

（《史記・呂不韋列傳》）

【說文解字】

① 呂不韋：戰國末衛國濮陽（今河南濮陽西南）人。本陽翟（今河南禹州）巨賈，後入秦為相，封文信侯。

② 子楚：秦昭王孫、安國君子，原名異人，在趙國做人質。

③ 大期：指婦女足月分娩的日期。

④ 政：後即位為秦王政，統一天下後稱秦始皇。

【白話輕鬆讀】

呂不韋在邯鄲的歌姬中，找到一位姿色美艷而又善於跳舞的，與之同居，知道她有孕了。子楚到呂不韋處一起飲酒，見到她非常喜歡，於是起身敬酒，請求把歌姬送給他。呂不韋……就把歌姬獻上。歌姬隱瞞了懷孕的事實，十個月後，生下了兒子政。子楚就把趙姬立為夫人。

多思考一點

戰國時的宮廷鬥爭，尖銳而殘酷，刀光劍影，血雨腥風，權謀和詭計層出不窮。李園和呂不韋都是工於心計的野心家，他們都用美人計使自己爬上政治舞台，竊取了國家大權。春申君和子楚的上當，都是被美色所迷，糊裏糊塗鑽進了別人的圈套。

趙韓魏三家滅知伯

趙襄子召張孟談而告之曰①：「夫知伯之為人②，陽親而陰疏③，三使韓、魏而寡人弗與焉，其移兵寡人必矣，今吾安居而可？」張孟談曰：「夫董閼於④，簡主之才臣也⑤，世治晉陽⑥，而尹鐸循之⑦，其餘政教猶存，君其定居晉陽。」君曰：「諾。」……

三國之兵乘晉陽城⑧，遂戰，三月不能拔，因舒軍而圍之⑨，決晉水而灌之⑩。圍晉陽三年，城中巢居而處⑪，懸釜而炊，財食將盡，士卒病羸⑫。襄子謂張孟談曰：「糧食匱⑬，財力盡，士大夫病，吾不能守矣，欲以城下⑭，何如？」張孟談曰：「臣聞之，『亡不能存，危不能安，則無為貴知士也』。君釋此計⑮，勿復言也。臣請見韓、魏之君。」襄子曰：「諾。」張孟談於是陰見韓、魏之君曰：「臣聞唇亡則齒寒，今知伯帥二國之君伐趙，趙將亡矣，亡則二君為之次矣。」二君曰：「我知其然。夫知伯為人也，粗中而少親⑯，我謀未遂而知，則其禍必至，為之奈何？」張孟談曰：「謀出二君之口，入臣之耳，人莫之知也。」二君即與張孟談陰約三軍，與之期日，夜遣入晉陽。張孟談以報襄子，襄子再拜之。……

襄子……使張孟談見韓、魏之君曰：「夜期殺守堤之吏，而決水灌知伯軍。」知伯軍救水而亂，韓、魏翼而擊之。襄子將卒犯其前⑰，大敗知伯軍而禽知伯⑱。

（《趙策一》）

【說文解字】

① 趙襄子：戰國初人，晉國六卿之一，名無恤，趙鞅之子。 張孟談：趙襄子的謀臣。

② 知伯：名瑤，晉國六卿之一。前458年，他聯合韓、趙、魏三家滅掉范氏、中行氏，其勢最強。「知」或作「智」。

③ 陽親而陰疏：表面親善，內心疏遠。陽，表面上；陰，暗地裏。

④ 董閼於：春秋時人，晉卿趙鞅的家臣。

⑤ 簡主：即趙簡子，春秋末晉國大夫，名鞅，他奠定了建立趙國的基礎。

⑥ 晉陽：今山西太原南。

⑦ 尹鐸：春秋時人，晉卿趙鞅家臣。 循：遵守，沿襲。

⑧ 乘：進攻。

⑨ 舒：展開，散開。

⑩ 晉水：在晉陽附近，今名晉河，東北流入汾河。

⑪ 巢居：像鳥一樣在高處築屋。

⑫ 羸：瘦弱。

⑬ 匱：缺少。

⑭ 下：投降。

⑮ 釋：放棄。

⑯ 粗中而少親：內心粗暴，缺少仁愛。中，內心。

⑰ 將：率領。 犯：突，進攻。

⑱ 禽：通「擒」，捉拿。

【白話輕鬆讀】

趙襄子召見張孟談，對他說：「知伯的為人，表面對人友好，暗中卻保持着距離，他屢次派人和韓、魏聯繫，單單避開我們，看來他定調兵攻打我們，你看我們在哪裏據守為好？」張孟談說：「那董閼於是先君簡子得力的大臣，世代治理晉陽，其後由尹鐸繼任，也遵循董閼於的辦法治理晉阳，他們的影響至今還保留着，你就駐守在晉陽吧。」趙襄子說：「就這麼辦。」……

知、韓、魏三家的軍隊開到晉陽城下，戰鬥就打響了。三個月沒有攻下，他們就散開軍隊把城包圍起來，並掘晉水淹城。晉陽被圍困了三年，城中的人被逼得在樹上搭巢棲身，吊起鍋煮飯，吃的和用的都快完了，士兵們精疲力盡。趙襄子對張孟談說：「眼下糧缺財盡，臣民疲敝，我守不住了，想開城投降，你看怎麼樣？」張孟談說：「我聽說，『國家將亡而不能使它保存，局勢危險而不能使它安定，那就用不着重視智謀之士了』。請您放棄這個打算，別再說了。我要求去見韓、魏的君主。」襄子說：「好。」張孟談就秘密地會見了韓、魏兩家的君主，對他們說：「我聽說『沒有了嘴唇牙齒就會冷』，如今知伯率領二位伐趙，趙氏即將滅亡。趙亡就會輪到二位了啊。」他倆說：「我們知道會是這樣。那知伯的為人，粗暴而狠毒，我們的計謀如果不成功，他發覺，就會大禍臨頭，你看怎麼辦？」張孟談說：「計謀從二位口中說出，進入我的耳裏，別人是不會知道的。」他們倆就和張孟談秘密部署好部隊，約定了舉事的日期，夜裏把張孟談送回晉陽城內。張孟談把情況向趙襄子彙報，趙襄子對他再拜致謝。……

趙襄子……派張孟談去見韓、魏二家君主說：「就在今夜殺掉守堤的人，放水去淹知伯的軍營。」知伯軍隊忙着去救沖來的水，亂作一團，韓、魏軍隊從兩翼夾擊，趙襄子率領大軍從正面進攻，大敗知伯的軍隊，並活捉了知伯。

經典延伸讀

趙簡子使尹鐸為晉陽。請曰：「以為繭絲乎？抑為保障乎？」簡子曰：「保障哉！」尹鐸損其戶數。簡子誡襄子曰：「晉國有難，爾無以尹鐸為少，無以晉陽為遠，必以為歸。」

《國語・晉語》

【白話輕鬆讀】

趙簡子派尹鐸治理晉陽。尹鐸臨行請示道：「把它當作繭絲，供你抽取；抑或作為保障，可以依靠？」簡子說：「當作保障啊！」尹鐸便減少了晉陽的户數，少收賦稅。簡子告誡襄子道：「要是晉國政局有變，你不要認為尹鐸年輕，不要認為晉陽遙遠，一定要回到那裏去。」

多思考一點

晉陽之圍有三個重要人物：知伯驕傲自大而貪得無厭，趙襄子沉着冷靜而善於用人，張孟談聰明機警而老謀深算。三個人的不同性格決定了晉陽攻防戰的命運，最終，知伯身死國亡，成為天下人的笑柄。趙襄子、張孟談君臣一心，在敵強我弱的形勢下，爭取到韓、魏，反戈一擊，轉敗為勝。

馮亭嫁禍於趙

（秦攻韓）馮亭守三十日[1]，陰使人請趙王曰[2]：「韓不能守上黨[3]，且以與秦，其民皆不欲為秦而願為趙[4]，今有城市之邑十七，願拜內之於王[5]，唯王才之[6]。」趙王喜，召平陽君而告之曰[7]：「韓不能守上黨，且以與秦，其吏民不欲為秦而皆願為趙。今馮亭令使者以與寡人，何如？」趙豹對曰：「臣聞聖人甚禍無故之利[8]。」王曰：「人懷吾義，何謂無故乎？」對曰：「秦蠶食韓氏之地，中絕不令相通，故自以為坐受上黨也。且夫韓之所以內趙者，欲嫁其禍也。秦被其勞而趙受其利[9]，雖強大不能得之於小弱，而小弱顧能得之強大乎[10]？今王取之，可謂有故乎？且秦以牛田、水通糧，其死士皆列之於上地[11]，令嚴政行，不可與戰。王自圖之。」王大怒曰：「夫用百萬之眾，攻戰逾年歷歲，未得一城也。今不用兵而得城十七，何故不為？」趙豹出。

王召趙勝、趙禹而告之曰[12]：「韓不能守上黨，今其守以與寡人，有城市之邑十七。」二人對曰：「用兵逾年，未得一城，今坐而得城，此大利也。」乃使趙勝往受地。

趙勝至曰：「敝邑之王使使者臣勝，太守有詔，使臣勝謂曰：『請以三萬戶之都封太守，千戶封縣令，諸吏皆益爵三級，民能相集者[13]，賜家六金。』」馮亭垂涕而勉曰⑭：「是吾處三不義也：為主守地而不能死，而以與人，不義一也；主內之秦，不順主命，不義二也；賣主之地而食之，不義三也。」辭封而入韓，謂韓王曰：「趙聞韓不能守上黨，今發兵已取之矣。」韓告秦曰：「趙起兵取上黨。」秦王怒⑮，令公孫起、王齮以兵遇趙於長平⑯。

（《趙策一》）

【說文解字】

① 馮亭：韓國的上黨太守。
② 趙王：趙孝成王，名丹，趙惠文王子，前 265—前 245 年在位。
③ 上黨：韓郡名，在今山西沁河以東一帶。
④ 為：給與，歸附。
⑤ 內：同「納」，下同。
⑥ 才：同「裁」，裁度，裁定。
⑦ 平陽君：趙豹，趙惠文王同母弟。
⑧ 禍：以……為禍。　故：理由。
⑨ 被：遭受。　勞：勞累。
⑩ 顧：豈，難道。
⑪ 死士：敢死之士。
⑫ 趙勝、趙禹：皆趙國大臣。趙勝即平原君，為趙相，封於東武城（今山東武城西北）。
⑬ 集：和睦，安定。
⑭ 勉：同「俛」，即俯。
⑮ 秦王：秦昭王。
⑯ 公孫起、王齮（粵 ji2 普 qǐ）：皆秦將。公孫起即白起，郿（今陝西眉縣）人，以善於用兵著稱。　長平：趙邑，在今山西高平西北。

【白話輕鬆讀】

（秦國攻打韓國）馮亭防守了三十天，暗中派人對趙王說：「韓國守不住上黨，將要割給秦國，它的百姓都不想做秦民而願做趙民，如今有十七座城邑，願敬獻給大王，請大王考慮吧。」趙王心裏高興，召見平陽君並對他說：「韓國守不住上黨，將割給秦國，它的官吏和百姓都不願做秦民而願做趙民。如今馮亭派使者獻給我，怎麼樣？」趙豹回答說：「我聽說聖人認為無故得利將帶來大禍。」趙王說：「別人傾慕我的德義，怎麼說是無故呢？」答說：「秦國蠶食韓國的土地，從中切斷使它不能相通，所以自認為可以安坐而得上黨啊。況且韓國之所以把地獻給趙國，是想把禍患轉嫁給趙國啊。秦國遭受勞苦，而趙國得到利益，即使是強大者都不可能從小弱者手中得到，哪裏有小弱者反從強大者手中得到的可能呢？如今大王取得它，能說是有理由嗎？況且秦國用牛耕田，通水道運糧食，它的敢死之士都得到了上等的土地，法令嚴格而政令貫徹，不能和它交鋒。大王要三思啊。」趙王非常生氣地說：「動用百萬大軍，連續幾年作戰，沒有得到一城。如今不用兵就可得到城池十七座，為甚麼不這樣做？」趙豹就退下了。

趙王召見趙勝、趙禹，對他們說：「韓國守不住上黨，如今它的太守要將十七座城邑獻給我。」二人回答說：「連年用兵，沒有得到一座城，如今安坐就能得城，這可是十分有利的事啊！」於是派趙勝去接受土地。趙勝到後宣告說：「敝國的國王有詔派使者臣勝告訴太守說：『如今將有三萬家的大城封賜給太守，千家的城封賜給縣令，一般官吏加爵三級，百姓能夠相安的，每家賜給六金。』」馮亭流淚低着頭說：「這樣我就會處在三不義的境地啊。為君主守地而不能犧牲，反獻給旁人，這是一不義；君主已割給秦國，不聽主子的命令，這是二不義；賣掉主子的土地而自己得到封邑，這是三不義啊。」於是辭去封賞而回到韓國，對韓王說：「趙國聽說韓國無力防守上黨，如今已發兵把它佔領了。」韓國告訴秦國說：「趙國已派兵攻取了上黨。」秦王發怒，派白起、王齮領兵至長平和趙軍對陣。

經典延伸讀

太史公曰：平原君，翩翩濁世之佳公子也，然未睹大體。鄙語曰：「利令智昏。」平原君貪馮亭邪說，使趙陷長平兵四十餘萬眾，邯鄲幾亡。

（《史記・平原君虞卿列傳》）

【白話輕鬆讀】

司馬遷說：平原君可算是風度翩翩的亂世君子啊，但是他不識大局。俗話說：「貪利使頭腦昏聵。」平原君聽信馮亭的嫁禍之計，使趙國在長平折損了四十多萬人馬，連邯鄲也差點丟掉。

多思考一點

世間有不少上當受騙的人，究其根源，常常是由於「利令智昏」，貪圖小利，終致吃了大虧。天上不會掉餡餅，妄想發橫財的人，就是騙子的最佳獵物。不相信甜言蜜語，不貪小利，任對方詭變百端，都將無縫可入。

趙武靈王胡服騎射

（趙武靈王胡服騎射以教百姓） 趙造諫曰①：「隱忠不竭，奸之屬也②。以私誣國③，賊之類也④。犯奸者身死，賊國者族宗⑤。此兩者，先聖之明刑⑥，臣下之大罪也。臣雖愚，願盡其忠，無遁其死⑦。」王曰⑧：「竭意不諱，忠也。上無蔽言，明也。忠不辟危⑨，明不距人⑩，子其言乎！」

趙造曰：「臣聞之：『聖人不易民而教⑪，知者不變俗而動⑫。』因民而教者，不勞而成功；據俗而動者，慮徑而易見也⑬。今王易初不循俗⑭，胡服不顧世，非所以教民而成禮也。且服奇者志淫⑮，俗辟者亂民⑯。是以蒞國者不襲奇辟之服⑰，中國不近蠻夷之行，所以教民而成禮者也。且循法無過，修禮無邪，臣願王之圖之。」

王曰：「古今不同俗，何古之法⑱？帝王不相襲，何禮之循？宓戲、神農教而不誅⑲，黃帝、堯、舜誅而不怒⑳。及至三王，觀時而制法，因事而制禮，法度制令，各順其宜；衣服器械，各便其用。故禮世不必一道㉑，便國不必法古。聖人之興也，不相襲而王；夏、殷之衰也，不易禮而滅。然則反古未可非，而循禮未足多也㉒。且服奇而志淫，是鄒、魯無奇行也㉓；俗辟而民易㉔，是吳、越無俊民也㉕。是以聖人利身之謂服，便事之謂教，進退之謂節，衣服之制，所以齊常民㉖，非所以論賢者也㉗。故聖與俗流，賢與變俱。諺曰：『以書為御者，不盡於馬之情[28]；以古制今者，不達於事之變。』故循法之功不足以高世，法古之學不足以制今，子其勿反也[29]。」

（《趙策二》）

【說文解字】

① 趙造：趙臣。

② 奸：邪惡、狡詐。　屬：類。

③ 私：私心。　誣：欺騙。

④ 賊：邪惡，不正派。

⑤ 賊：危害。　族宗：滅族。族，滅族；宗，宗族。

⑥ 明刑：有明文規定的刑罰。

⑦ 無遁：不避。遁，逃避。

⑧ 王：指趙武靈王，名雍，趙肅侯之子，前325—前299年在位。

⑨ 辟：同「避」，躲避。

⑩ 距：通「拒」，拒絕。

⑪ 易民：改變民意。

⑫ 動：行動，為實現某種意圖而活動。

⑬ 慮徑：謀劃問題簡捷方便。徑，直截了當。　易見：容易見到功效。

⑭ 易初：改變原來的服飾。

⑮ 服奇：服飾奇特。　志淫：心思不正。淫，邪惡。

⑯ 辟：同「僻」，怪僻，奇特。

⑰ 蒞國者：做國君的人。　襲：穿（衣）。

⑱ 法：效法。

⑲ 宓戲、神農：都是傳說中的聖王，據說伏羲（即宓戲）教民畜牧，神農教民耕種，不用刑

罰，這就是所謂「教而不誅」。

⑳黃帝、堯、舜誅而不怒：黃帝、堯、舜都是傳說中的古帝，據說他們雖然用兵誅亂，但仍以教化為主，所以說是「誅而不怒」。不怒，指有節制。

㉑道：方法。

㉒多：稱讚。

㉓鄒、魯：古國名，均在今山東境內，是禮教最早發達的地方。奇行（粵hang⁶ 普xìng）：品行優異、傑出的人。

㉔易：簡慢，不莊重。

㉕吳、越：古國名，在今江蘇、浙江境，據說它們的百姓「斷髮文身」，和中原的習俗不同。俊民：傑出的人才。

㉖齊：整齊、劃一。常民：普通百姓。

㉗論：評論、衡量。

㉘御：駕車。情：實際情況。

㉙反：違背、違反。

【白話輕鬆讀】

（趙武靈王以胡服騎射來教導百姓）趙造規勸道：「藏住忠心不說，屬於奸邪之類。因私心而誤國，屬於賊害之類。犯奸的應處死，害國的應滅族。這兩種，是先王明確的刑罰，是臣子的大罪啊。我雖然愚鈍，願盡忠心，不敢逃避死罪。」武靈王說：「暢所欲言，不加避諱，這是忠臣啊。君主不阻攔臣下發表意見，這是明君啊。忠臣不避危險，明君不拒絕別人提意見，你就說吧。」

趙造說：「我聽說：『聖人不改變民意而進行教誨，聰明的人不改變習俗而行動。』順着民心去教誨，不費很大力氣而可獲得成功；依着習俗而行動的，輕車熟路，非常方便。現在大王改變原有的做法，不按習俗辦事，改穿胡服而不顧社會上的議論，這可不是教導百姓遵守禮制啊。況且服裝奇異的人，心意就放蕩，習俗怪僻的地方，往往民心混亂。所以治理國家的人不穿怪僻的服裝，中原地區不仿效蠻夷的不開化行為，因為這是教導人們遵守禮制啊。並且遵循原有辦法，沒有甚麼過錯，奉行傳統制度，不會偏離正道，我希望大王好好考慮吧。」

武靈王說：「古今的習俗本不相同，我們要效法哪個時代呢？歷代帝王互不傳承，我們要遵循誰的禮制呢？伏羲、神農時代，只教化而不用刑罰，黃帝、堯、舜時代，雖用刑罰而不憤怒。夏、商、周三代的聖王，都是觀察社會現實而制定法令，法令制度都順應潮流，衣服器械都使用方便。所以說，治理國家不一定只用一種方法，只要對國家有利就不必效法古代。聖人的興起，不承襲前代而興旺；夏、商的衰敗，因不變更制度而滅亡。可見反對古來舊俗的，不應受到非議；而遵循舊制的人，也就不值得讚許了。再說如果服裝特殊就會思想放蕩，那麼服飾正統的鄒、魯兩國，就應該沒有不正的行為了；如果風俗怪僻的地方，百姓就會變壞，那麼風俗特殊的吳、越地區，就該沒有傑出的人才了。所以聖人認為，凡是適合穿着的，就是好服裝；凡是便於辦事的，就是好規章。關於送往迎來的禮節，衣服的樣式，是使百姓們整齊劃一的，而不是用來評論賢能的人的。所以聖人能隨着風俗而變化，賢人能隨社會變化而前進。諺語說：『照書本來駕車的人，不能通曉馬的習性；用老辦法來對付現代的人，不懂社會的變化。』所以遵循舊制的做法不會建立蓋世的功勳；尊崇古代的理論不能治理當代，希望你不要再說反對胡服的話了吧！」

經典延伸讀

公孫鞅曰①：「臣聞之，『疑行無名，疑事無功』，君亟定變法之慮②，殆無顧天下之議之也。……法者所以愛民也，禮者所以便事也。是以聖人苟可以強國，不法其故；苟可以利民，不循其禮。」

《商君書・更法》

【說文解字】

①公孫鞅，即商鞅，又稱衛鞅，戰國時衛人，他由魏入秦，輔佐秦孝公變法。

②君：即秦孝公，戰國時秦國國君，名渠梁，秦獻公之子，前361—前338年在位。他下令求賢，公孫鞅聞令入秦。

【白話輕鬆讀】

公孫鞅說：「我聽說，『行動遲疑就不能立名，做事猶豫就不能立功』，您趕快作出變法的決定，不要再顧忌天下人的議論吧。……法制是用來愛民的，禮制是便於辦事的。所以聖人看來，只要可以強國，不必遵守老規矩；假如可以對百姓有利，不必沿用舊制度。」

多思考一點

趙武靈王為了抵禦北方胡人的侵略，實行了取胡人之長補中原之短的「著胡服」「習騎射」政策。雖然遭到保守勢力的反對，但趙武靈王憑藉雄才大略和滔滔口才，說服了反對者，完成了中國歷史上一次著名的軍事改革。

歷史的車輪滾滾向前，一個時代有一個時代需要解決的問題。認清發展趨勢，與時俱進，開拓創新，只有這樣，才能立於不敗之地。

樂毅為趙畫易地之策

齊破燕①，趙欲存之。樂毅謂趙王曰②：「今無約而攻齊，齊必讎趙，不如請以河東易燕地於齊③。趙有河北④，齊有河東，燕、趙必不爭矣⑤，是二國親也。以河東之地強齊，以燕、以趙輔之，天下憎之，必皆事王以伐齊，是因天下以破齊也⑥。」王曰：「善。」乃以河東易齊，楚、魏憎之，令淖滑、惠施之趙⑦，請伐齊而存燕。

《趙策三》

【說文解字】

① 齊破燕：前312年，齊宣王乘燕國內亂，出兵攻燕，五十天就攻破燕國。

② 樂毅：靈壽（今河北靈壽西北）人。魏將樂羊後代，時為趙臣。　趙王：指趙武靈王。

③ 河東：今河北清河一帶，靠近齊國。

④ 河北：今河南密縣等地。

⑤ 燕：當作「齊」。

⑥ 因：依靠，憑藉。

⑦ 淖滑：楚臣。　惠施：魏相。

【白話輕鬆讀】

齊國攻破燕國，趙國想保存它。樂毅對趙王說：「如今沒有約結同盟而單獨攻齊，齊必恨趙，不如提出用趙國河東之地交換齊國從燕國得來的河北之地。趙有河北的地方，齊有河東的地方，齊、趙必然沒有爭端了，兩國就會互相親善。用河東的地方使齊國強大，用燕國和趙國輔佐它，各國憎恨它，一定會事奉大王共同伐齊，這就是聯絡各國共同破齊啊！」趙王說：「好。」就用河東地和齊國交換，楚、魏兩國憎恨它，楚派淖滑，魏派惠施來到趙國，請求共同攻齊，使燕保存下來。

經典延伸讀

齊人伐燕，取之，諸侯將謀救燕。宣王曰①：「諸侯多謀伐寡人者，何以待之？」孟子對曰：「……今燕虐其民，王往而征之，民以為將拯己於水火之中也，簞食壺漿②，以迎王師。若殺其父兄，係累其子弟，毀其宗廟，遷其重器，如之何其可也？……」

（《孟子・梁惠王下》）

【說文解字】

① 宣王：即齊宣王，戰國時齊國國君，田氏，名辟彊（粵 koeng^4 普 qiáng），前 319—前 301 年在位。

② 簞（粵 daan^1 普 dān）食（粵 zi^6 普 sì）壺漿：簞，古代盛飯的圓形竹器。百姓用簞盛飯，用壺盛湯來歡迎他們愛戴的軍隊。

【白話輕鬆讀】

齊國攻下了燕國，並佔有了它。各國打算出兵救燕。齊宣王問道：「各國打算攻打我，該怎麼樣對付他們？」孟子回答說：「……如今燕國虐待它的百姓，大王前往討伐它，百姓們認為是把他們從水深火熱中拯救出來，用竹筐盛上飯，用壺盛上酒漿，來歡迎大王的部隊。要是殺死他們的父兄，捆綁上他們的子弟，毀掉他們祭祀祖先的宗廟，搬走他們的鎮國寶器，那怎麼可以呢？……」

多思考一點

鄰居應該出入相友，守望相助，鄰人有困難決不能坐視不理。

齊人取燕，戰火延燒到了趙國門口，再不加以援手，將把自己置於危險的境地。

趙國籌劃救燕，勢在必行。戰國七雄之間，大體維持着一種均勢，互相聯繫而又互相牽制，所以能保持平衡。齊國吞燕，兼有兩大國的土地和資源，東方各國間的均勢遭到破壞，各國諸侯都要起而自救，共同把矛頭對準齊國。救燕國也就是救自己，齊國成為眾矢之的是必然的。

虞卿阻割六城與秦

秦攻趙於長平，大破之①，引兵而歸②。因使人索六城於趙而講③。趙計未定。樓緩新從秦來④，趙王與樓緩計之曰⑤：「與秦城何如？不與何如？」樓緩辭讓曰：「此非臣之所能知也。」王曰：「雖然，試言公之私。」樓緩曰：「……今臣新從秦來，而言勿與，則非計也；言與之，則恐王以臣之為秦也。故不敢對。使臣得為王計之，不如予之。」王曰：「諾。」

虞卿聞之⑥，入見王，王以樓緩言告之。虞卿曰：「此飾說也⑦。」王曰：「何謂也？」虞卿曰：「秦之攻趙也，倦而歸乎？王以其力尚能進，愛王而不攻乎？」王曰：「秦之攻我也，不遺餘力矣，必以倦而歸也。」虞卿曰：「秦以其力攻其所不能取，倦而歸。王又以其力之所不能取以資之，是助秦自攻也。來年秦復攻王，王無以救矣。」

王又以虞卿之言告樓緩。樓緩曰：「虞卿能盡知秦力之所至乎？誠知秦力之不至此，彈丸之地，猶不予也，令秦來年復攻王⑧，得無割其內而媾乎⑨？」王曰：「誠聽子割矣，子能必來年秦之不復攻我乎？」樓緩對曰：「此非臣之所敢任也⑩。……」

王以樓緩之言告虞卿。虞卿曰：「……來年秦復求割地，王將予之乎？不與，則是棄前功而挑秦禍也；與之，則無地而給之。……今坐而聽秦，秦兵不敝而多得地⑪，是強秦而弱趙也。以益愈強之秦，而割愈弱之趙，其計固不止矣。……王必勿予。」王曰：「諾。」……因發虞卿東見齊王⑫，與之謀秦。

虞卿未反⑬，秦之使者已在趙矣。樓緩聞之，逃去。

（《趙策三》）

【說文解字】

① 秦攻趙於長平，大破之：前 260 年，秦、趙在長平大戰，秦將白起坑殺趙降卒四十多萬人。長平，趙邑，在今山西高平西北。

② 引兵而歸：秦相范雎嫉妒白起的功勞，下令召他回國。

③ 索：求取。　講：和解。

④ 樓緩：趙人，仕於秦，此時為秦做說客。

⑤ 趙王：即趙孝成王，名丹，前 265—前 245 年在位。

⑥ 虞卿：趙臣，姓虞，名已失傳。

⑦ 飾說：用巧辯來掩飾真情的話。

⑧ 令：假使。

⑨ 得無：莫非，是不是。　內：內地。　媾：講和。

⑩ 任：擔保。

⑪ 敝：疲憊，衰敗。

⑫ 發：派遣。　齊王：指齊王建，前 264—前 221 年在位。

⑬ 反：同「返」。

【白話輕鬆讀】

秦國在長平和趙國決戰，大敗趙軍，隨即撤軍。接着派使者到趙國索要六座城邑作為講和條件。趙國還未拿定主意。樓緩剛從秦國前來，趙王和樓緩商量道：「把城割給秦國好呢還是不割的好？」樓緩推辭說：「這不是我所能知道的。」趙王說：「話雖如此，你還是談談個人的看法吧。」樓緩說：「……如今我剛從秦國來，要是說不割城吧，那不是好辦法；要是說割城吧，恐怕大王又認為我是在替秦國說話。所以不敢回答。如果我可以為大王考慮的話，不如把城割給秦國。」趙王說：「好。」

虞卿聽說這件事，上朝去見趙王。趙王把樓緩的話告訴虞卿。虞卿說：「這是騙人的話啊。」趙王說：「怎麼見得呢？」虞卿說：「秦國這次攻打趙國，是因為疲憊而退兵呢？或是大王認為他們還有力量進攻，只是因為憐恤大王才停止進攻呢？」趙王說：「秦國攻打我們，已經不遺餘力了，一定是因為疲憊不堪才撤軍的。」虞卿說：「秦國用他們的兵力攻打他們得不到的地方，因疲憊而撤軍。大王卻拿他們用兵力攻不下來的地方去資助他們，這是幫助秦國攻打我們自己啊。明年秦國再進攻大王，大王就沒有辦法自救了。」

趙王又把虞卿的話告訴樓緩，樓緩說：「虞卿能了解秦國兵力能打到哪裏嗎？如果他確實並不知道秦軍能打到哪裏，這點彈丸之地也不肯給，假如秦國明年再來攻打大王，大王能夠不割內地去求和嗎？」趙王說：「假如聽你的意見割地了，你能保證明年秦國不再來攻打趙國嗎？」樓緩說：「這就是我所不敢擔保的了。……」

趙王又把樓緩的話告訴虞卿。虞卿說：「……明年秦國再要求割地，大王割還是不割呢？不給吧，就會前功盡棄而挑起秦國進攻的禍端；給吧，就已經無地可割了。……如今束手聽任秦國的擺佈，秦兵不受損耗就得到大量土地，這是增強秦國而削弱趙國啊。以更加強大的秦國，來宰割愈加弱小的趙國，他們的要求一定是沒有止境的。……大王一定不要割地給秦。」趙王說：「好。」……於是派虞卿到東方去見齊王，和他商量對付秦國的策略。

虞卿還沒有從齊國返回，秦國派來議和的使者就已到了趙國。樓緩聽到這個消息，就連忙逃走了。

經典延伸讀

虞卿者，遊說之士也，躡蹻擔簦①，說趙孝成王。一見，賜黃金百鎰，白璧一雙，再見，為趙上卿②，故號為虞卿。……虞卿料事揣情，為趙畫策，何其工也。

（《史記・平原君虞卿列傳》）

【說文解字】

① 蹻（粵 goek³ 普 juē）：草鞋。簦（粵 dang¹ 普 dēng）：古代一種有柄的笠，類似後代的傘。

② 上卿：最高的職位。

【白話輕鬆讀】

虞卿是遊說的策士，穿着草鞋，拿着斗笠，遊說趙孝成王。首次見面，被賜予黃金百鎰，再見就擔任了趙國的上卿，所以稱為虞卿。……虞卿預料事態，估計形勢，為趙國出謀劃策，是那樣的高明啊。

多思考一點

樓緩為秦國遊說，想讓趙王拱手獻上秦軍在戰場上得不到的東西，可謂機關算盡。虞卿的駁議，捍衛趙國的領土完整，義正辭嚴，鏗鏘有力，終於說服了趙王，拒絕割地。交涉失敗的樓緩，只好灰溜溜地逃走。

魯仲連義不帝秦

秦圍趙之邯鄲，……此時魯仲連適遊趙①，會秦圍趙②。聞魏將欲令趙尊秦為帝，乃見平原君曰：「事將奈何矣？」平原君曰：「勝也何敢言事③！百萬之眾折於外④，今又內圍邯鄲而不能去。魏王使將軍辛垣衍令趙帝秦⑤，今其人在是，勝也何敢言事！」魯連曰：「始吾以君為天下之賢公子也，吾乃今然後知君非天下之賢公子也。梁客辛垣衍安在？吾請為君責而歸之。」……

魯連見辛垣衍而無言。辛垣衍曰：「吾視居此圍城之中者，皆有求於平原君者也。今吾視先生之玉貌，非有求於平原君者，曷為久居此圍城之中而不去也？」

魯連曰：「……彼秦者，棄禮義而上首功之國也⑥。權使其士⑦，虜使其民⑧。彼則肆然而為帝⑨，過而遂正於天下⑩，則連有赴東海而死矣，吾不忍為之民也！……」

「且秦無已而帝，則且變易諸侯之大臣⑪。彼將奪其所謂不肖，而予其所謂賢；奪其所憎，而與其所愛。彼又將使其子女讒妾為諸侯妃姬⑫，處梁之宮，梁王安得晏然而已乎⑬？而將軍又何以得故寵乎？」

於是，辛垣衍起，再拜，謝曰：「始以先生為庸人，吾乃今日而知先生為天下之士也。吾請去，不敢復言帝秦。」

秦將聞之，為卻軍五十里⑭。適會魏公子無忌奪晉鄙軍以救趙擊秦⑮，秦軍引而去。於是平原君欲封魯仲連。魯仲連辭讓者三，終不肯受。平原君乃置酒，酒酣，起，前，以千金為魯連壽。魯連笑曰：「所貴於天下之士者，為人排患、釋難、解紛亂而無所取也。即有所取者⑯，是商賈之人也，仲連不忍為也。」遂辭平原君而去，終身不復見。

（《趙策三》）

【說文解字】

① 魯仲連：齊人。善於計謀劃策，常周遊各國，排解糾紛。適：恰巧，正好。

② 會：正好趕上、恰巧碰上。

③ 勝：平原君自稱其名。

④ 折：損失。

⑤ 魏王：魏安釐（粵 hei^{2} 普 xī）王，名圉（粵 jyu^{5} 普 yǔ），前 276—前 243 年在位。辛垣衍：他國人，在魏任將軍。

⑥ 上：通「尚」，崇尚。首功：以作戰斬首多少來計功。

⑦ 權：威勢。

⑧ 虜：奴隸。

⑨ 則：假如，如果。肆然：肆無忌憚地。

⑩ 正：同「政」，為政。

⑪ 變易：撤換。

⑫ 讒妾：善於毀賢嫉能的女人。

⑬晏然：平安地。
⑭卻軍：退兵。
⑮晉鄙：魏安釐王將。
⑯即：若，假如。

【白話輕鬆讀】

秦軍包圍了趙國的都城邯鄲，……這時魯仲連恰好到趙國遊歷，碰上秦軍圍趙。他聽說魏國打算讓趙國尊秦為帝，就去見平原君道：「事情怎麼樣了？」平原君說：「我還能說甚麼呢！百萬大軍在外損失慘重，現在秦軍深入，包圍邯鄲而無法使他們退兵。魏王派將軍辛垣衍令趙國尊秦為帝，現在這個人正在這裏，我還能說甚麼呢！」魯仲連說：「早先我把您看作是天下頂尖的賢公子，如今我才發現您不是這樣的人啊。魏國客人辛垣衍在哪裏？我願為您責備他並打發他回去。」……

魯仲連見到辛垣衍後一言不發。辛垣衍說：「我看留在這座圍城中的人，都是有求於平原君的。如今我看先生的神采，不像是有求於平原君的人，為甚麼要留在這座圍城中而不走呢？」

魯仲連說：「……那秦國是個不講禮義而以殺人為榮的國家，它用權術對待士人，像對待奴隸那樣地役使百姓。它如果放肆地稱帝，甚至進一步對天下發號施令，那麼我魯仲連只好跳東海自殺了。我是絕不肯做它的子民的！……「再說秦國的野心沒有止境，一旦稱帝，就將對諸侯的大臣進行調整。撤掉他們認為不好的人，而提拔他們認為能幹的人；撤去他們所厭惡的人，任用他們所喜歡的人。還會把秦國的女子、喜歡搬弄是非的女人嫁給諸侯們做姬妾，住進魏王的宮裏，魏王哪能安寧度日呢？而將軍又怎能得到原有的寵倖呢？」

於是辛垣衍起身，拜了兩拜，並賠不是說：「起初我認為先生是個平庸的人，到今天才知道先生是天下少有的高士啊。請恕我告辭，今後我再不敢說尊秦為帝的話了。」

秦軍將領聽說此事後，為此退兵五十里。恰好正趕上魏公子無忌奪取了晉鄙指揮的軍隊來救趙，抗擊秦軍，秦軍就撤退回國了。於是平原君準備封賞魯仲連。魯仲連再三推辭，堅決不肯接受。平原君就設宴招待他，酒正喝得高興，平原君起身向前，奉上千金為魯仲連祝福。魯仲連笑着說：「我所以受到天下賢士的尊重，就在於為人排難解紛而不要任何報酬。如果有所索取，那就成為商人一樣的人了，我可不願這樣做啊。」於是就告別平原君而去，從此以後再沒有見過面。

經典延伸讀

按仲連所言，不過論帝秦之利害耳，使新垣衍慚怍而去則有之①，秦將何預而退軍五十里乎？此亦游談者之誇大也。

《資治通鑑考異》

【說文解字】

① 新垣衍：即辛垣衍。

【白話輕鬆讀】

魯仲連所說的話，不過是分析尊秦為帝的利害而已，使新垣衍慚愧而去的事是有的，和秦將有何關係，他為甚麼退軍五十里呢？這是由於遊說之士的誇大啊！

多思考一點

世上的人品類不齊，行為千差萬別，大體説來，不外兩種：一種是雞鳴而起，孜孜為利；一種是「義」字當頭，為他人，為社會，為正義而獻身。看多了那些朝秦暮楚、狡詐無賴的説客行徑，再讀魯仲連義不帝秦的故事，看似尋常，其實是他思想境界的自然流露。魯仲連的豪語，句句發自肺腑，他高風亮節，大義凜然，贏得了後代許多詩人的熱情歌頌。

觸龍說趙太后

趙太后新用事①，秦急攻之。趙氏求救於齊。齊曰：「必以長安君為質②，兵乃出。」太后不肯，大臣強諫③。太后明謂左右：「有復言令長安君為質者，老婦必唾其面。」

左師觸龍言願見太后④，太后盛氣而揖之。入而徐趨⑤，至而自謝⑥，曰：「老臣病足，曾不能疾走，不得見久矣。竊自恕，而恐太后玉體之有所郄也⑦，故願望見太后。」太后曰：「老婦恃輦而行⑧。」曰：「日食飲得無衰乎？」曰：「恃粥耳。」曰：「老臣今者殊不欲食，乃自強步，日三四里，稍益嗜食，和於身也⑨。」太后曰：「老婦不能。」太后之色少解。

左師公曰：「老臣賤息舒祺⑩，最少，不肖。而臣衰，竊愛憐之，願令得補黑衣之數⑪，以衛王宮，沒死以聞⑫。」太后曰：「敬諾。年幾何矣？」對曰：「十五歲矣。雖少，願及未填溝壑而託之⑬。」太后曰：「丈夫亦愛憐其少子乎？」對曰：「甚於婦人。」太后笑曰：「婦人異甚。」對曰：「老臣竊以為媼之愛燕后賢於長安君⑭。」曰：「君過矣，不若長安君之甚。」左師公曰：「父母之愛子，則為之計深遠。媼之送燕后也，持其踵為之泣⑮，念悲其遠也，亦哀之矣。已行，非弗思也，祭祀必祝之，祝曰：

『必勿使反。』豈非計久長，有子孫相繼為王也哉！」太后曰：「然。」

左師公曰：「今三世以前，至於趙之為趙，趙主之子孫侯者，其繼有在者乎？」曰：「無有。」曰：「微獨趙，諸侯有在者乎？」曰：「老婦不聞也。」「此其近者禍及身，遠者及其子孫。豈人主之子孫則必不善哉？位尊而無功，奉厚而無勞⑯，而挾重器多也⑰。今媼尊長安君之位，而封之以膏腴之地⑱，多予之重器，而不及今令有功於國，一旦山陵崩⑲，長安君何以自託於趙？老臣以媼為長安君計短也，故以為其愛不若燕后。」太后曰：「諾。恣君之所使之⑳。」於是為長安君約車百乘質於齊㉑，齊兵乃出。

子義聞之曰㉒：「人主之子也，骨肉之親也，猶不能恃無功之尊，無勞之奉，而守金玉之重也，而況人臣乎！」

（《趙策四》）

【說文解字】

① 趙太后：趙孝成王母。 用事：執政。

② 長安君：趙太后的幼子。長安是封號，不是地名。 質：人質。

③ 強（粵koeng5 普qiǎng）諫：極力勸諫。

④ 左師觸龍：左師，執政官。觸龍，趙臣。

⑤ 徐趨：徐行，慢走。

⑥ 謝：告罪，道歉。
⑦ 郄（粵 gwik¹ 普 xì）：通「隙」。此指身體不適。
⑧ 輦：人拉的車。
⑨ 和：病癒。
⑩ 賤息：對人謙稱自己的兒子。息，子。
⑪ 黑衣：衛士穿的衣服，此借指侍衛。
⑫ 沒死：冒死罪。沒，同「昧」。
⑬ 填溝壑：指死。
⑭ 媼：對老年婦女的敬稱。 燕后：趙太后女，因嫁到燕國，故稱燕后。
⑮ 踵：腳後跟。
⑯ 奉：同「俸」，俸祿。 勞：功勞。
⑰ 重器：指鐘、鼎之類象徵國家權力的貴重器物。
⑱ 膏腴：肥沃。
⑲ 山陵崩：國君或王后之死的諱稱。
⑳ 恣：任憑。
㉑ 約車：備車，套車。
㉒ 子義：趙國的賢人。

【白話輕鬆讀】

趙太后剛執政，秦軍就加緊攻打趙國。趙國向齊國求救。齊國說：「一定要用長安君做人質，才能發兵。」太后不同意，大臣們竭力勸說。太后向身邊的人明確宣佈：「有誰再說讓長安君做人質的，老婦我一定向他的臉上吐唾沫。」

左師觸龍說他願意去進諫太后，太后氣衝衝地等着他。他入宮時，小步移動示敬，到後致歉，說：「老臣的腳有毛病，所以不能快走，好久沒有機會見面了。我私下原諒自己，又恐怕太后的身體不適，所以希望謁見太后。」太后說：「我全靠坐車走動。」問說：「每天飲食怕會有所減少吧？」答說：「靠的是稀飯而已。」觸龍說：「老臣近些時候不思飲食，於是勉強步行，一天走三四里，逐漸想吃東西，使身子舒服了點。」太后說：「我做不到。」太后的臉色有所緩和。

左師公說：「老臣的犬子舒祺，年紀最小，沒有本領，而今我老了，心裏很喜歡他。希望能讓他補進黑衣侍衛的隊伍裏，保衛王宮，我冒着死罪提出這個意願。」太后說：「非常同意。有多大年紀了？」答說：「十五歲了。雖說年幼，希望在我死前能把他託付給人。」太后說：「大丈夫也喜愛他的小兒子嗎？」答說：「超過婦人。」太后笑道：「婦人愛小兒子可是特別厲害啊！」答說：「老臣私心認為您老人家愛燕后超過了長安君。」太后說：「您錯了，比起愛長安君差得遠。」左師公說：「父母疼愛子女，為他們考慮得很深遠。您老人家送燕后出嫁，臨別登車，握住她的腳後跟哭泣，悲傷她的遠去，也是感到傷心啊。她走後，不是不思念她，祭祀必為她祝福，祝告道：『一定別讓她回來。』難道不是考慮長遠，希望她的子孫世代繼承王位嗎？」太后說：「是的。」

左師公說：「從現在上推到三代以前，直到趙建國時，趙君的子孫做侯的，他的後嗣還有存在的嗎？」答說：「沒有。」又問：「不單是趙國，其他諸侯情況相同的還有存在的嗎？」答說：「我沒有聽說過。」觸龍說：「這些人近的本身遭禍，遠的子孫遭禍。難道君主的兒子做侯的就一定不好嗎？因為他們地位高而並未建功，俸祿多而並無勞績，並佔有許多寶物啊。如今您老人家提高長安君的地位，把肥沃的地方封給他，給他很多寶物，不趁現在讓他為國立功，一旦您不幸逝世，長安君怎麼在趙國立足呢？老臣認為您老人家為長安君考慮得少，所以說您愛他比不上愛燕后。」太后說：「說的是。聽憑你安排他吧。」於是替長安君準備了一百輛車子，讓他到齊國做人質，齊國這才發兵。

子義聽說這件事後說道：「國君的兒子，是國君的親骨肉啊，尚且不能依靠無功而得來高位，無勞而得來俸祿，坐擁金玉等貴重財物，何況是做臣子的呢？」

經典延伸讀

魏文侯問李克曰①：「……吾賞罰皆當而民不與，何也？」對曰：「國其有淫民乎？臣聞之曰：奪淫民之祿以來四方之士。其父有功而祿，其子無功而食之，出則乘車馬，衣美裘，以為榮華，入則修竽瑟鐘之聲，而安其子女之樂，以亂鄉曲之教，如此者，奪其祿以來四方之士，此之謂奪淫民也。」

《說苑・政理》

【說文解字】

① 魏文侯：戰國初魏國國君，名斯，前445—前396年在位。李克：魏國大臣，子夏弟子。

【白話輕鬆讀】

魏文侯問李克道：「……我的賞罰都恰當，百姓仍不擁護，這是為甚麼？」回答說：「恐怕是國內有浮華的人吧？我聽說過，要剝奪浮華的人的俸祿以招來四方的賢人。他的父親因有功而得到俸祿，他的兒子沒有功勞而仍然享受，出外就坐車馬，穿上華麗的裘衣，顯示高貴，回家就聽樂器的鳴奏，安享女樂的侍奉，擾亂地方的教化，像這樣的人，應剝奪他們的俸祿以招來四方的賢人，這就是對浮華的人施予剝奪啊！」

多思考一點

父母都是疼愛子女的，父母和子女的親情出自天性。但愛的方式有所不同。有的父母一味溺愛，讓子女養尊處優，不勞而獲。有的父母則重視從小就培養和鍛煉子女，讓他們獨立自強，健康成長。無疑，後者才是正確的態度。

魏文侯與虞人期獵

文侯與虞人期獵①。是日，飲酒樂，天雨。文侯將出，左右曰：「今日飲酒樂，天又雨，公將焉之？」文侯曰：「吾與虞人期獵，雖樂，豈可不一會期哉②！」乃往，身自罷之③。魏於是乎始強。

《魏策一》

【說文解字】

① 文侯：指魏文侯。　虞人：管理山澤的小官。　期獵：約定打獵。

② 會期：相會於預定日期。

③ 罷之：取消打獵的約定。

【白話輕鬆讀】

魏文侯和虞人約定日期打獵。到了這天，喝酒興致很高，天下着雨。文侯將要出行，身邊的人說：「今天酒喝得高興，天又下雨，您準備到哪裏去呢？」文侯說：「我和虞人約定了打獵的日期，雖然高興，怎能不如期相會呢！」就動身前往，親自告訴他因雨停止打獵的事。魏國於是逐漸強大起來。

經典延伸讀

曾子曰①：「吾日三省吾身，為人謀而不忠乎？與朋友交而不信乎？傳不習乎？」

《論語‧顏淵》

【說文解字】

① 曾子：孔子學生，名參（粵 sam1 普 shēn），字子輿，南武城（今山東棗莊附近）人。

【白話輕鬆讀】

曾子說：「我每天多次反省自己，為別人辦事盡心竭力了嗎？和朋友交往講誠信了嗎？老師傳授的知識復習了嗎？」

多思考一點

守信是人與人交往的一個重要準則。人和人相處，免不了要作出承諾，承擔責任。俗話説「一言既出，駟馬難追」，就是指的説話要算數。誠信的反面是欺騙，要是説話不兑現，就會像喊「狼來了」的小孩兒一樣，最後吃虧的只能是説謊者。信守諾言，這是人與人、團體與團體乃至國與國之間必須遵守的遊戲規則。

吳起與魏武侯論河山之險

魏武侯與諸大夫浮於西河①，稱曰②：「河山之險，豈不亦信固哉！③」王錯侍坐④，曰：「此晉國之所以強也⑤。若善修之，則霸王之業具矣。」吳起對曰⑥：「吾君之言，危國之道也；而子又附之，是重危也。」武侯忿然曰：「子之言有說乎？」

吳起對曰：「河山之險，不足保也⑦；伯王之業⑧，不從此也。昔者三苗之居⑨，左彭蠡之波⑩，右有洞庭之水⑪，文山在其南，而衡山在其北⑬。恃此險也，為政不善，而禹放逐之⑭。夫夏桀之國⑮，左天門之陰⑯，而右天谿之陽⑰，廬、睪在其北⑱，伊、洛出其南⑲。有此險也，然為政不善，而湯伐之⑳。殷紂之國㉑，左孟門而右漳、釜㉒，前帶河，後被山。有此險也，然為政不善，而武王伐之㉓。且君親從臣而勝降城㉔，城非不高也，人民非不眾也，然而可得並者，政惡故也。從是觀之，地形險阻，奚足以霸王矣！」

武侯曰：「善。吾乃今日聞聖人之言也！西河之政，專委之子矣㉕。」

（《魏策一》）

【說文解字】

①魏武侯：名擊，魏文侯之子，前395—前370年在位。 西河：黃河流經魏國西部由北向南的一段。下文的「西河」是郡名，指今陝西東部黃河西岸地區。

②稱：頌揚，讚歎。

③信：的確，實在。 固：穩固。

④王錯：魏臣。

⑤晉國：指魏國。

⑥吳起：衛國人，戰國時著名軍事家和政治家，時仕魏。

⑦保：依靠。

⑧伯：通「霸」。

⑨三苗：古族名。

⑩彭蠡：古澤名，即今江西鄱陽湖。

⑪洞庭：湖名，在今湖南北部。

⑫文山：即岷山，在今四川松潘北，綿延於川、甘二省邊境。

⑬衡山：古稱南嶽，在今湖南衡山西北。

⑭禹：夏代的王。

⑮夏桀：夏代的末代君主。

⑯天門：即天井關，在今山西晉城南。

⑰天谿：指黃河和濟水。

⑱廬、睪（粵 gou1 普 gāo）：山名，在今山西太原、交城一帶。睪，通「皋」。

⑲伊、洛：二水名，均在今河南境內。

⑳湯：商朝的開國君主。

㉑殷紂：商朝的末代君主。

㉒孟門：太行山的隘口，在今河南修武北。 漳、釜：二水名。漳水在今河南、河北二省分界處。釜，通「滏」，即今河北南部的滏陽河。

㉓武王：指周武王，姬姓，名發，西周的開國君主。

㉔從：率領，帶領。降：降服，攻下。㉕委：託付，委託。

【白話輕鬆讀】

魏武侯和諸位大夫在西河乘船而下，他讚歎道：「河山如此險要，難道不真是堅不可摧嗎？」王錯陪坐在旁邊，說：「這就是魏國所以強大的原因啊。如果好好地治理它，成就霸王之業的條件就具備了。」吳起接着說：「我們國君的話，把國家引向了危險的路，而您又附和他，這就更危險了。」武侯生氣地說：「您這樣說有甚麼理由嗎？」

吳起回答說：「河山形勢的險要，不能確保國家的安全；稱霸稱王的大業，也不是從這裏產生的。從前三苗部落居住的地方，左邊有彭蠡澤，右邊有洞庭湖，文山在他們的北面，衡山在他們的南面。雖然有這些險要，而政治不好，大禹就放逐了他們。那夏桀的國都，左有天門險關，右有黃河、濟水，盧、睪二山在北，伊、洛二水在南。有這樣險要的地勢，但政治不好，商湯王就討伐他。殷紂的都城，左有孟門山，右有漳、滏二水，它前臨河，後靠山。儘管有這樣險要的形勢，但因政治腐敗，所以周武王就攻滅了它。再說，您曾親自和我一道迫使敵方的城邑投降，他們的城牆不是不高，百姓不是不多，但仍然可以加以吞併，就是因為他們政治糟糕啊。這樣看來，地形險要怎麼就能說足以稱霸稱王呢？」

魏武侯說：「說得好。我今天才算是聽到了聖人的言論啊。西河郡的政務，就都交給你了。」

經典延伸讀

孟子曰：「天時不如地利，地利不如人和。……城非不高也，池非不深也，兵革非不堅利也，米粟非不多也，委而去之，是地利不如人和也。」

（《孟子・公孫丑下》）

【白話輕鬆讀】

孟子說：「天時比不上地利，地利比不上人和。……城牆不是不高，護城河不是不深，武器不是不精良，糧食不是不多，遇到敵人進攻，還是會棄城逃走，這就是地利比不上人和啊。」

多思考一點

作為一個國家，地形險要，有利於防守，但在戰爭進行時，就不能只考慮地理因素，如果政治混亂，雖有險要的地形，難逃失敗。得道者多助，失道者寡助，人心所向才是能否取得勝利的關鍵。

公叔痤薦公孫鞅

魏公叔痤病①，惠王往問之②，曰：「公叔病，即不可諱③，將奈社稷何？」公叔痤對曰：「痤有御庶子公孫鞅④，願王以國事聽之也；為弗能聽，勿使出竟⑤。」王弗應，出而謂左右曰：「豈不悲哉！以公叔之賢，而謂寡人必以國事聽鞅，不亦悖乎⑥！」

公叔痤死，公孫鞅聞之，已葬，西之秦，孝公受而用之⑦。秦果日以強，魏日以削。此非公叔之悖也，惠王之悖也。悖者之患，固以不悖者為悖。

（《魏策一》）

【說文解字】

① 公叔痤：魏相。
② 惠王：即梁惠王，戰國時魏國國君，名罃（粵ngang1 普yīng），魏武侯子，前 369—前 319 年在位。
③ 即：如果。　不可諱：死的婉稱。
④ 公孫鞅：衛人，即商鞅，後入秦佐秦孝公變法。
⑤ 竟：同「境」。
⑥ 悖：惑亂，糊塗。
⑦ 孝公：即秦孝公，戰國時秦國國君，名渠梁，前 361—前 338 年在位。

【白話輕鬆讀】

魏相公叔痤病重，惠王前去探視他，問道：「公叔病重，如果不幸去世，國家怎麼辦？」公叔痤回答說：「我有個家臣公孫鞅，希望大王把國家交給他處理；如果辦不到，不要讓他走出國境。」惠王沒有說話，出去之後告訴身邊的人說：「真可悲啊！以公叔的賢能，而叫我把國政交給公孫鞅支配，豈不是糊塗嗎！」

公叔痤去世了，公孫鞅聽說這個消息，在下葬後，就向西去到秦國。秦孝公接納並重用他。秦國果然一天天強大，魏國一天天削弱。這不是公叔糊塗，而是惠王糊塗啊！腦子糊塗的人的問題，就是把不糊塗的人說成是糊塗。

經典延伸讀

衛鞅伏甲士而襲虜魏公子卬[1]，因攻其軍，盡破之，以歸秦。魏惠王兵數破於齊、秦，國內空，日以削，恐，乃使使割河西之地獻於秦以和，而魏遂去安邑[2]，徙都大梁[3]。梁惠王曰：「寡人恨不用公叔座之言也[4]。」

（《史記・商君列傳》）

【說文解字】

① 衛鞅：即公孫鞅。 公子卬（粵 ngong4 普 áng）：魏將。

② 安邑：魏舊都，在今山西夏縣西北。

③ 大梁：魏新都，在今河南開封西北。

④ 公叔座：即公叔痤。

【白話輕鬆讀】

衛鞅埋伏甲士襲擊並俘虜了魏將公子卬，藉此攻打他的部隊，將其全部擊潰，帶公子卬回到秦國。魏惠王的部隊屢次被齊、秦兩國打敗，國內空虛，一天天削弱，心中恐懼，就派人把河西地區割給秦國而講和。魏國就將都城從安邑遷到了大梁。梁惠王說：「我真後悔沒有採納公叔痤的意見。」

多思考一點

魏國是戰國初年最強的國家，到了魏惠王時，開始走下坡路，國勢由盛轉衰。魏惠王的失敗，有多種因素，不用人才，排斥人才，逼使人才出走，是其中的重要因素。魏惠王昏頭昏腦，不辨黑白，放棄了公叔痤向他推薦的賢才公孫鞅，終於為此付出了喪師失地的慘痛代價。在遭受嚴重挫敗之後，惠王說「恨不用公叔痤之言」，他是後悔沒有任用公孫鞅，還是後悔沒有殺掉公孫鞅呢？

惠施勸魏王朝齊

齊、魏戰於馬陵①，齊大勝魏，殺太子申，覆十萬之軍。魏王召惠施而告之曰②：「夫齊，寡人之讎也，怨之至死不忘，國雖小，吾常欲悉起兵而攻之，何如？」對曰：「不可。臣聞之，王者得度，而霸者知計。今王所以告臣者，疏於度而遠於計③。王固先屬怨於趙，而後與齊戰。今戰不勝，國無守戰之備，王又欲悉起而攻齊，此非臣之所謂也。王若欲報齊乎，則不如因變服折節而朝齊④，楚王必怒矣⑤。王游人而合其鬥⑥，則楚必伐齊，以休楚而伐罷齊⑦，則必為楚禽矣，是王以楚毀齊也。」魏王曰：「善。」乃使人報於齊，願臣畜而朝⑧。田嬰許諾。

張丑曰⑨：「不可。戰不勝魏，而得朝禮，與魏和而下楚⑩，此可以大勝也。今戰勝魏，覆十萬之軍而禽太子申，臣萬乘之魏而卑秦、楚⑪，此其暴（於）戾定矣。且楚王之為人也，好用兵而甚務名⑫，終為齊患者，必楚也。」田嬰不聽，遂內魏王⑬，而與之並朝齊侯再三⑭。趙氏醜之⑮。楚王怒，自將而伐齊，趙應之，大敗齊於徐州⑯。

（《魏策二》）

【說文解字】

① 馬陵：今河北大名東南。

② 魏王：指魏惠王。 惠施：魏相。

③ 疏：遠離。 遠於：違背，乖離。

④ 變服：改換人君之服。 折節：屈己下人，降低身份。

⑤ 楚王：指楚威王。

⑥ 游：遊說。 鬥：使齊、楚爭鬥。

⑦ 罷：同「疲」。

⑧ 臣畜：臣服。畜，順從，馴服。

⑨ 張丑：齊臣。

⑩ 下楚：功楚。

⑪ 臣：臣服，制服。 卑：輕視，鄙薄。

⑫ 務：要求得到，追求。

⑬ 內：同「納」。

⑭ 齊侯：指齊威王。

⑮ 醜：羞恥，恥辱。

⑯ 徐州：今山東滕縣東南。

【白話輕鬆讀】

齊、魏兩國在馬陵交戰，齊國擊潰魏國，殺掉魏太子申，殲滅了魏的十萬大軍。魏惠王召見惠施，對他說：「齊國是我的死對頭，我對它的怨恨，到死都不會忘記，魏國雖小，我想動員所有兵力去攻打齊國，你看怎麼樣？」惠施回答說：「不可以。我聽說：王者度量寬弘而霸者懂得計謀。如今大王告訴我的話，度量狹小而計謀不當。大王本來先和趙國結怨，然後和齊國交戰。如今戰事失利，國家沒有守戰的準備，大王又打算全力攻齊，這不是我所說的王霸風範啊。大王如果想報復齊國，就不如脫下王服，卑躬屈節去朝見齊國，楚王定會生氣。大王派人遊說，促使他們互相爭鬥，楚國必將攻打齊國，以休整好的楚國去攻打疲勞的齊國，齊定會被楚擊潰，這就是大王用楚國去毀掉齊國啊！」魏王說：「好。」就派人向齊國通報，願稱臣朝見齊國。田嬰答應了。

張丑說：「不可以。如果對魏作戰沒有獲勝，互相朝見，與魏講和而共同攻楚，這可以取得大勝啊。如今打敗了魏國，殲滅了它十萬大軍，擒殺了太子申，使魏國稱臣而卑視秦、楚，齊君定然行為暴戾。並且楚王的為人，喜歡用兵並且很想出名，最終成為齊國禍患的，定是楚國啊。」田嬰沒有聽從，就接納魏王和他一起多次朝見齊侯。趙國感到羞辱。楚王生氣，親自領兵攻齊，趙國回應它，在徐州大敗齊軍。

經典延伸讀

匡章謂惠子曰①：「公之學去尊，今又王齊王，何其到也②？」惠子曰：「今有人於此，欲必擊其愛子之頭，石可以代之。……今可以王齊王而壽黔首之命，免民之死，是以石代愛子頭也，何為不為？」

（《呂氏春秋・愛類》）

【說文解字】

①匡章：齊臣。惠子：即惠施。 ②到：同「倒」。

【白話輕鬆讀】

匡章對惠施說：「您主張去掉尊貴，如今又稱齊君為王，為甚麼這樣顛倒呢？」惠施說：「這裏有一個人，打算要擊打他愛子的頭，但可以用石塊來代替他。……如今尊齊君為王可以延續百姓的壽命，免除百姓的死亡，這就是用石塊來代替愛子的頭，為甚麼不這樣做呢？」

多思考一點

事物的發展，不可能總是一帆風順。在順利時，固當乘勝追擊；在情況不利時，要懂得後退一步，積蓄力量，等待時機。

秦楚攻魏圍皮氏

秦、楚攻魏，圍皮氏①。為魏謂楚王曰②：「秦、楚勝魏，魏王之恐也見亡矣③，必合於秦，王何不倍秦而與魏王④？魏王喜，必內太子⑤。秦恐失楚，必效城地於王，王雖復與之攻魏可也。」楚王曰：「善。」乃倍秦而與魏，魏內太子於楚。

秦恐，許楚城地，欲與之復攻魏。樗里疾怒⑥，欲與魏攻楚，恐魏之以太子在楚不肯也。為疾謂楚王曰：「外臣疾使臣謁之曰：『敝邑之王欲效城地，而為魏太子之尚在楚也，是以未敢。王出魏質，臣請效之，而復固秦、楚之交⑦，以疾攻魏。』」楚王曰：「諾。」乃出魏太子。秦因合魏以攻楚。

《魏策二》

【說文解字】

① 皮氏：地名，在今山西河津西。

② 楚王：指楚懷王。

③ 魏王：指魏襄王。

④ 倍：同「背」。

⑤ 內：同「納」，下同。太子：名遫（粵 cik1 普 chì），即位後稱昭王。

⑥ 樗（粵 syu1 普 chū）里疾：秦將。

⑦復：恢復。固：原來的。

【白話輕鬆讀】

秦、楚合軍攻魏，包圍了皮氏。有人替魏國向楚王說：「秦、楚戰勝了魏國，魏王恐怕被滅亡，定會與秦國聯合，大王為甚麼不背棄秦國轉而和魏王親善？魏王高興，定會把太子送入楚國做人質。秦恐失去楚的支持，定會把城地獻給大王，大王再和它一起攻打魏國也是可以的。」楚王說：「好。」就背棄秦國而親附魏國，魏國果然把太子送入楚國。

秦國恐懼，答應把城地割給楚國，打算重新和它攻打魏國。樗里疾很生氣，想聯魏攻楚，恐怕魏國因太子在楚而不肯。有人替樗里疾對楚王說：「秦國的臣子樗里疾讓我稟告說：『敝國的君王打算獻上城地，但因魏太子還在楚國，所以未採取行動。大王放走魏國的人質，我君王就把地獻上，使秦、楚的友誼重新鞏固，迅速攻打魏國。』」楚王說：「好。」就放走魏太子。秦國就聯合魏國，攻打楚國。

經典延伸讀

樗里子者，名疾，秦惠王之弟也，與惠王異母，母韓女也。樗里子滑稽多智①，秦人號曰「智囊」。

（《史記・樗里子甘茂列傳》）

【說文解字】

① 滑稽：此指能言善辯，應對如流，和現代滑稽可笑的詞義不同。

【白話輕鬆讀】

樗里子，名疾，是秦惠王的弟弟，和惠王同父異母，他的母親是韓國女子。樗里子口才很好而富於智謀，秦國人稱他為「智囊」。

多思考一點

戰國時期，各國的關係波翻雲詭，變化萬千，今日為友，明日為敵，難以預料。要應付變幻莫測的局勢，需要有清醒的頭腦，過人的才能，方可以隨機應變，這正是智謀之士大顯身手的好時機。秦與楚攻魏，戰爭正緊鑼密鼓地進行，可形勢突變，魏轉而與楚聯合，使秦陷於孤立。樗里疾巧計離間楚、魏，轉而合魏攻楚，變被動為主動，稱他為「智囊」，真是名不虛傳。

孫臣諫魏王割地

華陽之戰[1]，魏不勝秦。明年，將使段干崇割地而講[2]。孫臣謂魏王曰[3]：「魏不以敗之上割[4]，可謂善用不勝矣；而秦不以勝之上割，可謂不能用勝矣。今處期年乃欲割[5]，是群臣之私而王不知也。且夫欲璽者段干子也[6]，王因使之割地；欲地者秦也，而王因使之授璽。夫欲璽者制地[7]，而欲地者制璽，其勢必無魏矣。且夫奸臣固皆欲以地事秦。以地事秦，譬猶抱薪而救火也，薪不盡則火不止。今王之地有盡，而秦之求無窮，是薪火之說也。」

魏王曰：「善。雖然，吾已許秦矣，不可以革也[8]。」對曰：「王獨不見夫博者之用梟邪[9]？欲食則食，欲握則握。今君劫於群臣而許秦[10]，因曰不可革，何用智之不若梟也[11]？」魏王曰：「善。」乃按其行。

《魏策三》

【說文解字】

① 華陽：韓邑，在今河南新鄭東南。
② 段干崇：魏臣。
③ 孫臣：魏臣。 魏王：指魏安釐王。
④ 上：初。

⑤期年：一周年。
⑥欲璽：得到秦國的封賞。
⑦制：控制，掌握。
⑧革：更改。
⑨博：古代的一種棋戲。梟：博戲諸采中的最佳者。擲得梟采可以吃對方的棋子，也可以走別的棋。
⑩劫：協迫。
⑪不若梟：言不如博者之用梟。

【白話輕鬆讀】

華陽的戰事，魏軍被秦打敗。第二年，要派魏將段干崇去給秦国割地講和。孫臣對魏王說：「魏不在戰敗的時候割地，可說是善於運用不勝的條件；而秦不在戰勝的時候割取魏地，可說是不善運用戰勝的時機。如今過了一整年才打算割地，這是群臣的私心而大王不知道啊。並且想得印璽的是段干子，大王叫他去割地；想得地的是秦國，大王讓它授璽。想得印璽的段干子控制着地，而想得地的秦国控制着璽，發展下去魏國必然滅亡。並且奸臣都想用割地來討好秦國。用割地來討好秦國，就好比抱着乾柴去救火，乾柴不完那火也就不止息。如今大王的土地有限，而秦國的要求無窮無盡，這就像是柴和火的關係啊。」

魏王說：「對。可是，我已答應秦國了，不可以改變。」答說：「難道大王沒有見過下棋的人如何使用梟棋嗎？得到梟棋的，想走就走，想停就停。如今大王受群臣脅迫而答應秦國，因而說不能食言，為甚麼考慮問題還比不上運用梟棋的人啊？」魏王說：「好。」就取消了段干崇割地講和的行程。

經典延伸讀

六國破滅，非兵不利，戰不善，弊在賂秦。賂秦而力虧，破滅之道也。……則秦之所大欲，諸侯之所大患，固不在戰矣。

（蘇洵《權書・六國論》）

【白話輕鬆讀】

六國的滅亡，不是武器不精，戰鬥打得不好，毛病出在賄賂秦國上。賄賂秦國而使力量虧損，這是走向滅亡的路啊。……那麼秦國最大的慾望，諸侯最大的禍患，確實不在戰爭本身了。

多思考一點

國與國之間的戰爭，有兩條戰線：一是硝煙彌漫的正面戰場，一是外交戰線上不見刀槍的戰場。

力量佔上風的一方，在遭到堅強阻擊時，往往也無法佔領對方的城邑，它憑藉軍事優勢，常想通過外交手段，迫使對方自動獻出土地。劣勢的一方，常可用積極抵抗而化解敵方的攻勢。鹿死誰手，實難預料。在外交上，更要堅持原則，不能把敵方用武力得不到的土地拱手相送。

割地求和，等於「抱薪救火」，只會使火勢越燒越旺。堅持鬥爭，奮戰到底，才是唯一可行的辦法。

季梁諫魏攻邯鄲

魏王欲攻邯鄲①，季梁聞之②，中道而反③，衣焦不申④，頭塵不浴，往見王曰：「今者臣來，見人於大行⑤，方北面而持其駕⑥，告臣曰：『我欲之楚。』臣曰：『君之楚，將奚為北面？』曰：『吾馬良。』臣曰：『馬雖良，此非楚之路也。』曰：『吾用多⑦。』臣曰：『用雖多，此非楚之路也。』曰：『吾御者善。』此數者愈善，而離楚愈遠耳。今王動欲成霸王，舉欲信於天下，恃王國之大，兵之精銳，而攻邯鄲，以廣地尊名，王之動愈數⑧，而離王愈遠耳，猶至楚而北行也。」

《魏策四》

【說文解字】

① 魏王：魏惠王。
② 季梁：魏臣。
③ 反：同「返」。
④ 申：同「伸」，伸展。
⑤ 大行：大道，大路。
⑥ 持其駕：手握韁繩，駕着馬車。
⑦ 用：費用，盤纏。
⑧ 數（粵sok^{3} 普shuò）：疾速。

【白話輕鬆讀】

魏王打算攻打邯鄲，季粱聽説這件事，中途返回，衣服的皺褶來不及伸展，頭上的塵土也沒來得及洗去，就匆忙去見魏王道：「今天我來的時候，在大路上見到一個人，正朝着北方駕着他的馬車，告訴我説：『我想到楚國去。』我説：『您到楚國，為甚麼朝着北方？』答説：『我的馬是好馬。』我説：『馬雖然好，可這不是到楚國的路啊。』答説：『我的費用充足。』我説：『費用雖然充足，這的確不是到楚國的路啊。』又説：『我駕車的人技術高明。』這幾個條件愈好，距楚國就更遠了。如今大王的舉動總想成就霸業，總想取信於天下，依仗大王的國土大，武器精良，想去攻打邯鄲，從而擴張土地提高名聲，大王的行動愈頻繁，離您稱王的事業就愈遠，就好像想到楚國卻向着北走一樣啊。」

經典延伸讀

魏惠王圍邯鄲，趙求救於齊。齊威王召大臣而謀曰：「救趙孰與勿救？」騶忌子曰①：「不如勿救。」段干朋曰②：「不救則不義，且不利。」……邯鄲拔，齊因起兵擊魏，大敗之桂陵。

（《史記・田敬仲完世家》）

【說文解字】

① 鄒忌子：即齊相鄒忌。

② 段干朋：齊臣。

【白話輕鬆讀】

魏惠王包圍邯鄲，趙國向齊國求救。齊威王召集大臣商量說：「救趙國還是不救？」鄒忌說：「不如不救。」段干朋說：「不救則不義，並且不利。」……邯鄲失守，齊國於是起兵，在桂陵大敗魏軍。

多思考一點

做事成功，有一個前提，必須是大方向正確。

方向對了，多一分耕耘，就多一分收穫。日積月累，由小到大，涓涓不息，匯為江河，成功定可預期。方向不對，南轅北轍，愈努力問題愈多，愈堅持錯誤愈大。

唐且說信陵君

信陵君殺晉鄙①，救邯鄲，破秦人，存趙國，趙王自郊迎②。

唐且謂信陵君曰③：「臣聞之曰，事有不可知者，有不可不知者；有不可忘者，有不可不忘者。」信陵君曰：「何謂也？」對曰：「人之憎我也，不可不知也；吾憎人也，不可得而知也。人之有德於我也，不可忘也；吾有德於人也，不可不忘也。今君殺晉鄙，救邯鄲，破秦人，存趙國，此大德也。今趙王自郊迎，卒然見趙王④，臣願君之忘之也。」信陵君曰：「無忌謹受教。」

（《魏策四》）

【說文解字】

① 信陵君殺晉鄙：前 257 年，信陵君通過魏王的愛妃如姬竊得虎符，殺掉將軍晉鄙，選兵八萬，在邯鄲城下大破秦軍。

② 趙王：趙孝成王。戰國時趙國國君，名丹，趙惠文王子，前 265—前 245 年在位。

③ 唐且（粵 zeoi1 普 jū）：魏人。且，同「雎（粵 zeoi1 普 jū）」。

④ 卒（粵 cyut3 普 cù）然：倉促的樣子。卒，同「猝」。

【白話輕鬆讀】

信陵君殺掉晉鄙，挽救了邯鄲，擊破秦軍，保全了趙國。趙王親自到郊外迎接他。

唐且對信陵君說：「我聽人說，事情有不能知道的，有不能不知道的；有不能忘記的，有不能不忘記的。」信陵君說：「這話怎麼說呢？」答說：「別人憎恨我，不可不知道；我憎恨別人，是不可能讓別人知道的。別人對我有恩惠，不應忘記；我對別人有恩惠，不可以不忘記啊。如今您殺掉晉鄙，挽救了邯鄲，擊破秦軍，保全了趙國，這是很大的恩惠啊。如今趙王親自到郊外迎接，忽然見到趙王，我希望您忘記所施的恩惠啊。」信陵君說：「我敬遵您的教誨。」

經典延伸讀

趙孝成王德公子之矯奪晉鄙兵而存趙①，乃與平原君計，以五城封公子。公子聞之，意驕矜而有自功之色。客有說公子曰：……於是公子立自責，似若無所容者。……趙王侍酒至暮，口不忍獻五城，以公子退讓也。

（《史記・魏公子列傳》）

【說文解字】

①公子：指信陵君。

【白話輕鬆讀】

趙孝成王感激信陵君假傳王命，奪得晉鄙的部隊而保全了趙國，就和平原君商量，打算拿五座城封給信陵君。信陵君聽到消息，心中驕傲而流露出自滿的表情。有人向信陵君進說道……於是信陵君立刻自己責備自己，羞愧地好像無地自容。……趙王陪公子喝酒直到傍晚，不好把獻五城的話說出來，因為信陵君十分謙讓的緣故啊。

多思考一點

月滿則缺，月盈則虧，這是自然規律。人事呢，與此也頗相類似，忌滿惡盈。謙遜是一種美德，能使人保持頭腦清醒。功成而不居，更能贏得別人的尊重。驕傲自滿，自以為是，往往埋下失敗的禍根。

「滿招損，謙受益」，這是中國古代有益的格言，值得我們牢牢記取。

唐且不辱使命

秦王使人謂安陵君曰①：「寡人欲以五百里之地易安陵②，安陵君其許寡人？」安陵君曰：「大王加惠，以大易小，甚善。雖然，受地於先王，願終守之，弗敢易。」秦王不說。安陵君因使唐且使於秦。

秦王謂唐且曰：「寡人以五百里之地易安陵，安陵君不聽寡人，何也？且秦滅韓亡魏，而君以五十里之地存者，以君為長者③，故不錯意也④。今吾以十倍之地，請廣於君，而君逆寡人者，輕寡人與？」唐且對曰：「否，非若是也。安陵君受地於先王而守之，雖千里不敢易也，豈直五百里哉⑤！」

秦王怫然怒⑥，謂唐且曰：「公亦嘗聞天子之怒乎？」唐且對曰：「臣未嘗聞也。」秦王曰：「天子之怒，伏屍百萬，流血千里。」唐且曰：「大王嘗聞布衣之怒乎？」秦王曰：「布衣之怒，亦免冠徒跣⑦，以頭搶地爾。」唐且曰：「此庸夫之怒也，非士之怒也。……若士必怒，伏屍二人，流血五步，天下縞素⑧，今日是也。」挺劍而起。

秦王色撓⑨，長跪而謝之曰：「先生坐，何至於此，寡人諭矣⑩。夫韓、魏滅亡，而安陵以五十里之地存者，徒以有先生也。」

《魏策四》

【說文解字】

① 秦王：嬴政，前246年即秦王位，前221年統一六國後改稱始皇帝。　安陵君：魏國分封的小國君主。安陵，在今河南鄢陵西北。

② 易：交換。

③ 長者：忠厚老實的人。

④ 不錯意：不介意，不放在心上。錯，同「措」。

⑤ 直：只。

⑥ 怫（粵fat^6 普fú）然：生氣的樣子。

⑦ 徒跣（粵sin^2 普xiǎn）：赤腳。

⑧ 縞素：指喪服。

⑨ 色撓：臉上現出了屈服之色。

⑩ 諭：明白。

【白話輕鬆讀】

秦王派人對安陵君說：「我打算用五百里的地方交換安陵，安陵君能答應我嗎？」安陵君說：「承蒙大王對敝國施恩，用大換小，很好。可是，安陵是從先王那裏繼承下來的，我願一直守住它，不敢拿來交換。」秦王為此很不高興。安陵君因而派唐且出使秦國。

秦王對唐且說：「我用五百里的地方來交換安陵，但安陵君卻不肯聽從我，這是為甚麼？況且秦國已經滅掉韓、魏，而安陵君僅憑五十里的地方得以保存下來，是因為我念他是個年高有德的人，所以才沒有在意。現在我拿出十倍的土地來為他擴大地盤，而他竟然違抗我，是瞧不起我嗎？」唐且回答說：「不，不是這樣。安陵君從先王那裏繼承下來的土地，就要保住它，即使用一千里土地也不敢交換，何況是五百里呢？」

秦王勃然大怒，對唐且說：「您也曾聽說過天子發怒嗎？」唐且回答說：「我沒有聽説過。」秦王說：「天子發起怒來，就會使百萬屍體倒地，血流千里。」唐且說：「大王可曾聽説過平民發怒嗎？」秦王說：「平民發起怒來，不過是披頭赤腳，用頭往地上撞罷了。」唐且說：「這是庸人的發怒，不是俠士的發怒。……要是俠士發起怒來，將使兩具屍體同時倒下，血流五步，普天下的人都會穿上孝服，今天就是這樣的時候。」説罷，就拔出寶劍，挺起身來。

秦王嚇得臉色大變，慌忙從座位上挺直身子，向唐且道歉說：「先生請坐下，哪裏會弄到這種地步呢！我已經明白了。韓、魏兩國都被滅掉，而安陵卻憑着五十里的地方得以倖存，正是因為有先生您這樣的人在啊。」

經典延伸讀

居天下之廣居①，立天下之正位②，行天下之大道③。得志，與民由之；不得志，獨行其道。富貴不能淫，貧賤不能移，威武不能屈，此之謂大丈夫。

（《孟子・滕文公下》）

【說文解字】

①廣居：指「仁」。
②正位：指「禮」。
③大道：指「義」。

【白話輕鬆讀】

住在天下最寬廣的住宅裏，站在天下最正確的位置上，走在天下的光明大道上。得志的時候，和百姓一起循着大路走；不得志的時候，獨自按照自己的原則辦。富貴不會亂心，貧賤不會變志，威武不會屈節，這才是大丈夫。

多思考一點

外交使節，重任在肩，因為談判的成敗直接關係到國家的命運和前途。歷來的當政者在選派使者時，都反復考慮，派出最合適的人選，即所謂「妙選行人」（「行人」，外交人員）。使臣常會遇到各種複雜的情況，需要臨機應變，更需要勇敢堅強。

唐且臨危受命，隻身深入敵國，面對秦國強大的軍事壓力，威武不屈，完成了使命，真可算是具有大智大勇的「大丈夫」。

史疾為韓使楚

史疾為韓使楚①，楚王問曰②：「客何方所循③？」曰：「治列子圉寇之言④。」曰：「何貴？」曰：「貴正。」王曰：「正亦可為國乎？」曰：「可。」王曰：「楚國多盜，正可以圉盜乎⑤？」曰：「可。」曰：「以正圉盜，奈何？」頃間有鵲止於屋上者，曰：「請問楚人謂此鳥何？」王曰：「謂之鵲。」曰：「謂之烏可乎？」曰：「不可。」曰：「今王之國有柱國、令尹、司馬、典令⑥，其任官置吏，必曰廉潔勝任。今盜賊公行而弗能禁也，此烏不為烏，鵲不為鵲也。」

《韓策二》

【說文解字】

① 史疾：韓臣。
② 楚王：不詳何王。
③ 方：方術，法術。　循：學習，研究。
④ 列子圉（粵 jyu^5 普 yǔ）寇：即列御寇，又稱列子，戰國時鄭國學者。
⑤ 圉：同「禦」，阻止。
⑥ 柱國：楚國最高武官。　司馬：主管軍事。　典令：主管發佈政令。

【白話輕鬆讀】

史疾替韓國出使楚國，楚王問道：「先生研究何種學問？」答說：「鑽研列子圉寇的學說。」問：「看重甚麼？」答：「看重正。」楚王說：「正也可用來治國嗎？」答說：「可以。」楚王說：「楚國的盜賊多，正可以禦盜嗎？」答說：「可以。」問：「以正禦盜，如何實施？」不久，有隻喜鵲停在了屋上，史疾問：「請問楚國把這種鳥稱為甚麼？」楚王說：「把牠叫喜鵲。」問：「稱為烏鴉可以嗎？」答說：「不可以。」史疾說：「如今大王的國內有柱國、令尹、司馬、典令等官，在任用官員時，定要叫他們廉潔勝任。如今盜賊橫行而不能禁止，就是因為各級官員不能勝任其職，這就是烏鴉不成烏鴉，喜鵲不成喜鵲啊。」

經典延伸讀

名不正則言不順，言不順則事不成，事不成則禮樂不興，禮樂不興則刑罰不中，刑罰不中則民無所錯手足①。

（《論語・子路》）

【說文解字】

①錯：同「措」，放置。

【白話輕鬆讀】

名不正，言語就不順當；言語不順當，事情就搞不好；事情搞不好，國家的禮樂制度就興辦不起來；禮樂制度興辦不起來，刑罰就不能得當；刑罰不得當，百姓們就會手足無措。

多思考一點

名家是戰國時期諸子百家之一，以辯論名、實關係為主的思想派別。名與實是一對相互依存的概念。名實相符，才能使名成其為名；名實不符，那麼這個名就需要更改。社會上常會有一些名不符實的現象，掛的是「羊頭」，賣的卻是「狗肉」。

面對欺世盜名的魍魎，我們需要正名。通過「正名」，來矯正被扭曲了的現實和時弊，讓虛假的、偽裝的無處遁形。

段干越人說新城君

段干越人謂新城君曰①：「王良之弟子駕②，云取千里馬，遇造父之弟子③。造父之弟子曰：『馬不千里。』王良弟子曰：『馬④，千里之馬也；服⑤，千里之服也。而不能取千里，何也？』曰：『子纆牽長⑥。』故纆牽於事，萬分之一也，而難千里之行。今臣雖不肖，於秦亦萬分之一也，而相國見臣不釋塞者，是纆牽長也。」

《韓策三》

【說文解字】

① 段干越人：魏國人。段干，複姓。越人，名。　新城君：羋戎，秦相。

② 王良：趙簡子的駕車者，善駕車馬。

③ 造父：周穆王的駕車者，也以善駕車馬聞名。

④ 馬：古代以四馬駕車，兩邊是驂（粵 caam^{1} 普 cān）馬，當中夾轅的是服馬，此「馬」當指「驂」。

⑤ 服：指服馬。

⑥ 纆（粵 mak^{6} 普 mò）：繩索。

【白話輕鬆讀】

段干越人對新城君說：「王良的弟子把馬套好，說是要行千里，遇到了造父的弟子。造父的弟子說：『馬行不了千里。』王良的弟子說：『這驂馬是千里馬，服馬也是千里馬，你卻說行不了千里，這是為甚麼？』答說：『你牽馬的繩索過長。』牽馬索對於這事來說，只佔萬分之一，卻影響到千里馬的行程。如今我雖然不才，對秦國也算是萬分之一吧，可是相國您卻不為我排除障礙，這就等於是駕馬時牽馬的繩索過長啊！」

經典延伸讀

千丈之堤以螻蟻之穴潰，百尺之室以突隙之煙焚①。故白圭之行堤也②，塞其穴；丈人之慎火也，塗其隙。是以白圭無水難，丈人無火患。

（《韓非子・喻老》）

【說文解字】

① 突：煙囪。

② 白圭：戰國魏人，水利專家。

【白話輕鬆讀】

千丈長的堤防，因螞蟻的巢穴而崩潰；百尺高的房屋，因煙囪的火星而焚毀。所以白圭巡視堤防，塞掉蟻穴；老年人防止火災，塗平縫隙。因而白圭沒有水災，老年人沒有火患。

多思考一點

禍患的發生，不會突然而來，總有一個由小到大的積累過程。有遠見的人，善於發現苗頭，防微杜漸，不讓它發展到不可收拾，白圭和丈人都是這樣的人。

對於個人來說，「不因善小而不為，不因惡小而為之」，有了小的錯誤就要及時糾正。大風起於萍末，細流匯成江河，小小問題，哪怕對事情的影響只有萬分之一，也不可以忽視。

燕昭王復國求賢

燕昭王收破燕後即位①，卑身厚幣，以招賢者，欲將以報讎。故往見郭隗先生曰②：「齊因孤國之亂，而襲破燕。孤極知燕小力少，不足以報。然得賢士與共國③，以雪先王之恥④，孤之願也。敢問以國報讎者奈何？」

郭隗先生對曰：「帝者與師處，王者與友處，霸者與臣處，亡國與役處。詘指而事之⑤，北面而受學，則百己者至⑥。先趨而後息，先問而後嘿⑦，則什己者至。人趨己趨，則若己者至。馮幾據杖⑧，眄視指使⑨，則廝役之人至。若恣睢奮擊⑩，呴籍叱咄⑪，則徒隸之人至矣⑫。此古服道致士之法也。王誠博選國中之賢者而朝其門下，天下聞王朝其賢臣，天下之士必趨於燕矣。」

昭王曰：「寡人將誰朝而可？」郭隗先生曰：「臣聞古之人君有以千金求千里馬者，三年不能得。涓人言於君曰⑬：『請求之。』三月得千里馬，馬已死，買其首五百金，反以報君。君大怒曰：『所求者生馬，安事死馬而捐五百金⑭？』涓人對曰：『死馬且買之五百金，況生馬乎？天下必以王為能市馬，馬今至矣。』於是不能期年，千里之馬至者三。今王誠欲致士，先從隗始，隗且見事，況賢於隗者乎？豈遠千里哉！」

於是昭王為隗築宮而師之。樂毅自魏往⑮，鄒衍自齊往⑯，劇辛自趙往⑰，士爭湊燕⑱。燕王吊死問生，與百姓同其甘苦。二十八年，燕國殷富，士卒樂佚輕戰⑲。於是遂以樂毅為上將軍⑳，與秦、楚、三晉合謀以伐齊。齊兵敗，閔王出走於外。燕兵獨追北，入至臨淄，盡取齊寶，燒其宮室宗廟。齊城之不下者，唯獨莒、即墨。

（《燕策一》）

【說文解字】

① 燕昭王：名職，燕王噲之子，前 311—前 278 年在位。

② 郭隗（粵 ngai⁵ 普 wěi）：燕國賢人。

③ 共國：共同治理國家。

④ 先王之恥：前 316 年，燕王噲把王位讓給相國子之，引起內亂，齊宣王乘機攻破燕國，殺死燕王噲。先王，指燕王噲。

⑤ 詘指：委屈己意。詘，同「屈」。指，意旨、意向。

⑥ 百己者：才能超過自己百倍的人。

⑦ 嘿：同「默」，沉默，停止發問。

⑧ 馮几：靠着几案。馮，通「憑」。　據杖：拄着楞杖。

⑨ 眄（粵 min⁵ 普 miǎn）視：斜視。

⑩ 恣睢（粵 seoi¹ 普 suī）：放肆驕橫。

⑪ 呴（粵 hau³ 普 hǒu）：同「吼」，吼叫。　籍：通「藉」，欺辱。　叱咄：大聲吼叫。

⑫ 徒隸：刑徒奴隸，服勞役的犯人。

⑬ 涓人：國君身邊的侍從。

⑭ 安事：猶言「何用」。事，用。　捐：花費，耗用。

⑮ 樂毅：原為中山國靈壽（今河北平山東北）

人，趙滅中山，成為趙人，後入燕，成為燕國名將。

⑯鄒衍：齊國學者。

⑰劇辛：趙國賢人。

⑱湊：通「走」，奔赴，趨附。

⑲樂佚：悠閒安樂。　輕戰：不怕打仗。

⑳上將軍：位在諸將之上，相當於統帥。

【白話輕鬆讀】

燕昭王在收拾殘破的燕國後登位，他謙恭有禮，用豐厚的禮品聘請賢人，打算依靠他們為國報仇。他特地去見郭隗先生說：「齊國趁着燕國的內亂而攻破燕國，我深知燕國國小力弱，沒有足夠的力量報仇。但如能得到賢士和我共同治理國家，為先王報仇雪恨，這可是我的心願啊。請問先生，怎樣才能為國復仇呢？」

郭隗先生回答說：「成就帝業的國君，把賢人當作師長對待；成就王業的國君，把賢人當作朋友對待；成就霸業的國君，把賢人當作普通臣下對待；亡國的君主，則把賢人當作僕役對待。國君如能屈己奉人，像弟子一樣向賢人求教，才能超過自己百倍的人就會到來。如果做事搶先而休息在後，發問在前而沉默在後，才能高出自己十倍的人就會到來。如果跟着別人亦步亦趨，才能與自己相當的人就會到來。如果身靠几案，手拄枴杖，斜眼看人，指手劃腳，那麼供跑腿差使的人就會到來。如果放肆驕橫，對人任意凌辱，狂呼亂叫，那就只有奴隸般的人到來了。這是從古以來事奉賢者，招致人才的方法啊。大王真能廣泛選拔國內的賢人，親自登門求教，天下的賢人聽到這個消息，定會趕到燕國來。」燕昭王說：「我去拜見誰才好呢？」郭隗先生說：「我聽說古代有一位國君，用千金求購千里馬，三年都沒能買到。他身邊的侍臣對他說：『請讓我去尋求吧。』國君就派他去了。三個月後得到了千里馬，可馬已經死了，他就用五百金買下死馬的頭，回去向國君覆命。國君非常生氣地說：『我尋求的是活馬，怎麼去買死馬而白費我的五百金呢？』侍臣答道：『死馬尚且用五百金來買牠，何況活馬呢！天下都知道大王喜歡買好馬，千里馬就會來到了。』於是不到一年，買到的千里馬就有三匹。如今大王真想招納賢士，請先從我郭隗開始。我郭隗尚且受到重視，何況勝過郭隗的呢？他們難道會嫌燕國太遠而不肯前來嗎？」

於是燕昭王為郭隗修建了房舍，拜他為師。接着，樂毅從魏國前來，鄒衍從齊國前來，劇辛從趙國前來，賢士們爭着聚集到燕國。燕昭王悼唁死去的人，慰問生存的人，和百姓同甘共苦，經過二十八年，燕國富庶，戰士們安樂舒適，敢於戰鬥。於是燕昭王任用樂毅做上將軍，和秦、楚、韓、趙、魏等國共同策劃攻打齊國。齊軍被打得大敗，齊閔王逃亡國外。燕軍單獨追擊敗逃的齊軍，直入臨淄，搬走齊國的所有珍寶，燒毀齊國的宮室宗廟。齊國的城邑，只有莒和即墨未被攻下。

經典延伸讀

孔子曰：「益者三友，損者三友。友直，友諒，友多聞，益矣。友便辟①，友善柔，友便佞②，損矣。」

（《論語・季氏》）

【說文解字】

① 便辟：諂媚逢迎。

② 便佞（粵 ning6 普 nìng）：用花言巧語逢迎人。

【白話輕鬆讀】

孔子說：「有益的朋友有三種，有害的朋友有三種。結交正直的人，結交誠信的人，結交見多識廣的人，便是有益的。結交阿諛奉承的人，結交當面恭維、背後詆毀的人，結交誇誇其談的人，便是有害的。」

多思考一點

對國君來說，有一個擇臣的問題；對一般人來說，有一個擇友的問題。任用甚麼樣的臣僚，會影響到國家的命運；結交甚麼樣的朋友，會影響到個人的未來。近朱者赤，近墨者黑，「蓬生麻中，不扶自直」，這是再簡單不過的道理。

人在社會中生活，總要結交一些朋友，如果結交的是益友，就能在道德、學問和事業上互相幫助和鼓勵。孔子說：「有朋自遠方來，不亦樂乎？」這種「朋」，指的就是切磋學藝的良「朋」。